野獸影帝
強制發情
瀝青
圖·TaaRO
U0028742

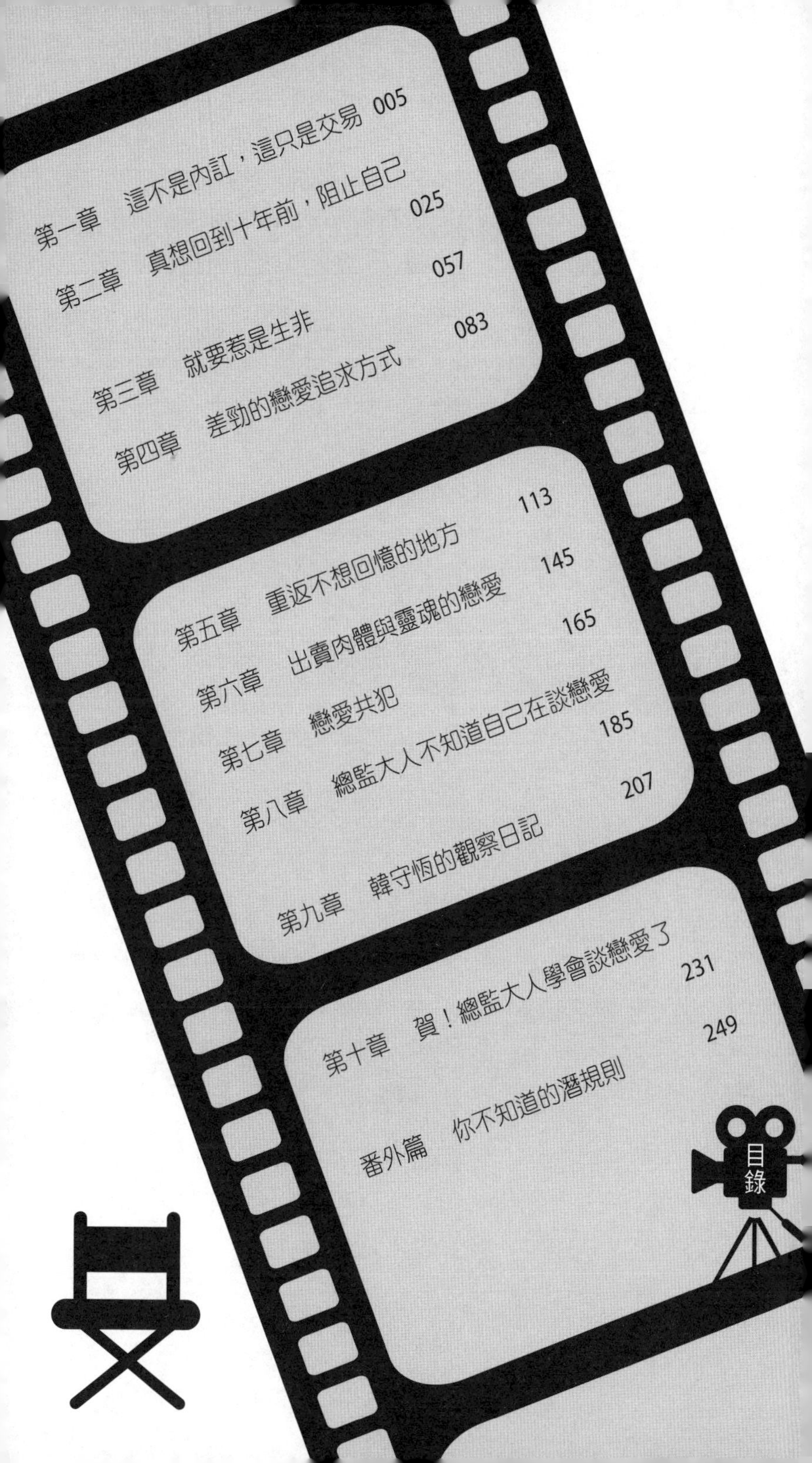

目錄

第一章 這不是內訌，這只是交易

近來，娛樂圈最大的八卦便是數一數二的經紀公司「瑪格麗特」兩位王牌內訌。

這得從一個月前，知名彩妝品牌「橄欖石」新設立的子公司「拓帕石」尋求年度代言人一事說起。

據聞，該公司最早是相中「瑪格麗特」炙手可熱的臺柱，余東哲擔任年度代言。

此人年紀雖輕，但接連拿下影壇的國際獎項，不但在電影圈內占有一席之地，更是年度最受歡迎男性藝人票選前三名的常客。

余東哲的形象極好，加上「拓帕石」有意主打男性保養品市場，能請到男神代言，肯定能達成最大的宣傳效果。根據不具名的內部員工流出的消息，本來檔期、價碼已敲定，只剩下余東哲本人簽下合約即可，沒想到竄出另一位同屬瑪格麗特的男藝人，還是余東哲的大前輩，寧夏搶代言的消息。

各方媒體都對這則消息高度重視，瑪格麗特的兩個當家臺柱搶代言，是非常大的八卦。論地位，寧夏雖然作品不多，但每一次演出都是經典，早期出道接連三檔電視劇都創下極高的收視率，留下至今仍然無人可破、被稱為「寧夏高牆」的紀錄，近年因轉往海外接演國際商業大片的關係備受注目，身價極為不凡。

按道理「拓帕石」這種新設立的品牌，他應該看不上眼，當事人卻相當積極的爭取，因此余東哲與寧夏不合的消息立刻在媒體圈內傳開，使得所屬經紀公司不得不發聲明，澄清並無不合情事。

八卦並未因此平息，反而一連三天都有新爆料，最新進展是余東哲與寧夏同時出現在瑪格麗特總部談判，更有人傳聞余東哲可能因此出走，畢竟一山不容二虎。

那麼——實際的情況呢？

「寧夏哥，如果你跟我現在就打一架，一定上頭條。」余東哲滑著手機，看著新聞斗大的標題不由得失笑。

「挑在大廳打，如何？」站在他身旁，體格與他相當的男性，帶有一股不容侵犯的王者威嚴，面對後輩的調侃反倒勾起笑容。

「他們都說你想離開瑪格麗特，你怎麼看？」寧夏靠在落地窗旁的欄杆，愜意的等著電梯，外頭的風風雨雨宛若與他無關。

「我在這裡吃好住好，哪捨得離開？身為董事之一的你，問我這種問題，實在惶恐。」

余東哲露出微笑，完全不像他所說那般。

「那好，上頂層的會議室，我要跟你談談。」電梯門開，兩人同時跨進各據一邊，在無人打擾的狀況下，切入正題。

「東哲，跟你談個交易。」

「什麼交易？你執意要拿下拓帕石的代言，不像你的作風。」余東哲其實對這件事看得很開，雖然因此對弟弟感到抱歉，畢竟當初是因為那人在「橄欖石」任職，極力邀請自己才

促成這件事，他給足面子用相當低廉的友情價答應合作，為了這個合作案他還特地挪出空檔

只想做到最好，畢竟那人不只是繼弟，更是他捧在手裡疼的伴侶。

「賀導的新片，我引薦你當主角。」

余東哲一聽，立刻露出極感興趣的眼神。

寧夏口中的賀導可是享譽國際的大導演，能在他的作品裡出演等同買了邁向全世界的門票，更遑論是眾人搶破頭的主角。

「我聽老總說，你被內定主角了不是嗎？」

「我大哥的話只能參考一半，做決定的人是我。」

「那我就不客氣的收下了。」余東哲欣然接受這結果，至於在外傳得快飛天的內訌八卦，就隨他們去。

「就這麼說定。」

同時，電梯抵達指定樓層，寧夏率先跨出電梯，尾隨的余東哲盯著他的背影不免好奇。

「寧夏哥，你到底是為了什麼，甘願用這麼大的機會與我交換？」

細想，拓帕石的合約酬勞與賀導的新片酬勞根本不能比，能見度更是大不相同，以寧夏的身價而言完全是不可思議。

「拓帕石有我要的人。」寧夏頭也不回的說完，便瀟灑的走進會議室。

拓帕石的員工們，為了瑪格麗特更換代言人一事亂成一團，負責聯絡的行銷部門這天電話鈴聲從沒停過，他們還得應付想探口風的媒體記者，對一個剛成立不到三個月的子公司，正是最麻煩的危機。

面對手下人忙碌且紊亂的景象，身為總監的韓守恆卻冷靜看待，他人站在專屬辦公室裡，隔著玻璃窗面無表情的看著那些下屬。

「趙宣，這並非你的問題。」他語氣清冷，一旁面露愧疚的青年，情緒仍舊不穩。

「我哥明明說好要接的——」

「瑪格麗特一早傳來通知，余東哲有個推不開的邀約，所以婉拒我們的邀請，但是他們挺有誠意的，另推了人選。」

「這件事我沒聽說，八成有什麼保密條款，總監……真的很抱歉，當初我還信誓旦旦的說余東哲一定會接。」趙宣怨恨實在難消，明明上個月那麼的賣力奉獻肉體……

總之，他本想靠著與那傢伙是繼兄弟的關係，一定能順利談成，沒想到一夕之間計畫變更，使得公司內部一團亂，美術、行銷更是頭痛，因為先前替余東哲擬定的形象企劃同等作廢。

趙宣想著該怎麼反擊那個說話不算話的人，無意間瞥見了擱在韓守恆桌上的資料夾。

「寧夏真的願意接？」趙宣張著嘴不太敢相信，若要比喻，余東哲是男神等級，寧夏可是天王、宛如神一般的地位，居然肯屈就一個剛成立的彩妝品牌代言人。

「下午他們會來公司開會，去跟他們說冷靜點，這件事我會處理。」

「喔──我曉得了，我這就去通知。」趙宣立刻離開辦公室。

擁有一張漂亮臉龐卻難以親近的韓守恆，仍舊盯著外頭動也不動，最後，悄悄的吐露出一絲嘆息。

下午，拓帕石的辦公室內人心浮動，每個人的視線老是往門窗緊閉的會議室飄去，裡頭除了公司高層以及韓守恆，還有那位搶走年度代言資格的寧夏。

不久前寧夏出現在辦公室時，引起一陣騷動，原本為了更換代言人一事而頗有怨言的員工們，一見到他本人，所有的怨恨頓時被拋至腦後。

寧夏並未刻意打扮，一身藍色的圓領毛衣搭上牛仔褲，對每個員工微笑示意。他擁有挺拔的一百八完美身高，更有宛如帝王般的氣場，女性員工們一見到他，頓時萌生換人代言其實也挺好的念頭。

拓帕石的總監，韓守恆，負責接待面談。

身為總監的他，有著一張標致、中性、柔美的臉龐，曾在英國待過幾年主修珠寶設計，因此對設計美學有一套獨特的想法。副修企業管理、精通三國語言，在世人眼中是個難以高攀的菁英人才，更是個工作狂；永遠比下屬晚下班，過於專注工作導致三餐不正常，有著略嫌單薄的身材，就算如此，當他面對氣場十足的寧夏，仍然處變不驚。

會議進行一個多小時，氣氛比預期中的好，由於是瑪格麗特擅自改代言人，因此陪同的高層提出的條件非常有誠意，這讓拓帕石的主管們很快就接受讓寧夏代言的決定，唯一還在為此事爭取更大利益的韓守恆，成了會議中最大黑臉。高層並未制止，畢竟這就是他們聘請韓守恆擔任總監的原因。

「韓總監，我們提出的條件絕對優於其他合作廠商的合約，你說要延長代言，且不能增加酬勞作為補償，這點對我們來說實在有困難。」瑪格麗特的代表看著手上的合約不免皺眉，這條新增的條約並不怎麼友善。

「我認為很合理，畢竟在這之前我們已花了近兩個月時間，配合余東哲的形象擬定代言企劃，如今你們隨意換人，同等之前的兩個月完全是做白工，就算後來提出的條件很優渥，但以商業立場來說，確實造成了我方的損失，貴公司同意我們的要求並不過分。」韓守恆的語調非常冷酷，堅決不退讓的氣勢使得氣氛一度凝重。

一直在側鮮少提出意見的寧夏，突然拿過合約細細端詳，嘴角勾起冷笑。

「我們更換代言人是有錯在先，但——」寧夏擱下合約，冗長且吊人胃口的沉吟，使得在場所有人都不敢吭聲。

「延長時間會與我的檔期衝突，所以我得再斟酌。」

「那麼，代言合約就得重新談了，畢竟攸關我方的利益。」韓守恆不退讓，甚至提出撤回合約的請求，這讓拓帕石的高層不免緊張，深怕一個不小心整個計畫都得終止，所有人不由得望著他瞧。

「韓總監真的很強硬呢——」寧夏單手托著下巴盯著他，勾起淺笑卻不帶任何情緒，讓人摸不透他的想法。

「這是我的分內工作，能與貴公司合作是我們的榮幸，當然希望能促成，但我認為我方的條件很合理，如果延長半年有困難，那麼就維持現狀，不過合約金得重談，而且金額會往下降。」

韓守恆絕對是在場最不畏懼寧夏的人，身為演藝圈重量級的影帝，他任何一個動作都帶著無法掩飾的王者氣場。

年過半百的拓帕石高層們不禁屏息以待，這個美人菁英卻仍舊保持不退縮的神情應對。

「那麼，得重新考慮合作的可能了——」

寧夏才剛說出口，深怕企劃流產的拓帕石高層就忍不住出聲緩頰：

「寧先生，我想這事有轉圜餘地，呃——韓總監，我曉得先前兩個月的損失很重要，但是為了更好的合作，我方的最大原則是配合寧夏先生要求。」

「但——」

被自家高層干擾，他皺著眉頭想反駁卻被寧夏打岔。

「我曉得你們為了更換代言人的事很不開心，不如這樣——我可以同意延長代言的條件，但合約內容必須重談，這價碼低於我的一般行情太多。」

「金額的部分，可以再商討，是吧？韓總監。」拓帕石的高層一聽，立即搶回發言權，並示意韓守恆接受條件。

韓守恆盯著自家上司一會兒，都被搶話了他只好接受，對方已願意退半步，他不好多說什麼。

「給我們一週重新調整合約，下週一下午三點再開一次會，可行？」

「可以，但是我下週一有工作，會派個能決定結果的人代理，希望韓總監不會介意。」

「只要不影響會議，貴公司派誰都可以，那麼會議就到這裡，我還有其他的事要忙，請諸位自便。」韓守恆很快地收拾好文件起身離開，不參與那些人們浪費時間的寒暄。

就在他經過寧夏、兩人僅剩不到五公分的距離時——

「好久不見了，韓守恆，希望你還記得我。」男人用低沉性感的嗓音說道。青年的身軀一僵，極不自然地瞪了他一眼。

「過於久遠的事，我不太記得，很抱歉。」韓守恆試圖與他保持距離，男人悄悄的按住他的手臂，阻止對方離開。

「那麼，我很願意幫你回憶，如何？」

「免了，謝謝你的好意！我還有別的工作，再會。」韓守恆抽回手，不願多待一秒，匆忙的離開會議室。

寧夏盯著他遠去的身影，露出耐人尋味的淺笑，陷入思考。

晚上九點，辦公室裡只剩韓守恆的個人辦公室還亮著，他盯著剛擬好的新合約沉思。

代言人的事，突發狀況不少，但是他認為一切仍在掌握之中，高層要他讓步，他堅決不同意，甚至賭上總監一職，萬一沒談成他會自請離職，過於強硬的態度，讓上司只能選擇站在他這邊。

他心底很清楚，這份合約還有得磨，短時間內寧夏不會答應，差不多要磨到第三次會議這男人才會鬆口，只是不曉得那人會開出什麼條件。

寧夏是衝著他來的。

打從他收到更換代言人為寧夏的通知後，他就曉得這人一定有插手，只是做到什麼程度並不清楚。

原本只是商業上的合作，意外的摻雜私人因素在裡頭，一切變得相當複雜，個中原因恐怕只有他與寧夏最瞭解。

「真麻煩——」韓守恆將那份合約壓在手下，真希望能倒轉時光、一切重來。

首先，他想回到十年前告誡自己，千萬別收下那張「七日男友券」，免得今日招惹大麻煩。

七日男友券，顧名思義曾有個人用券與韓守恆共度七天的短暫戀情，那人當初使用的名字是寧夏生，因為他是夏天出生的，此人即是今日與他會晤的男人，寧夏。

一切得從十年前說起。

當時的韓守恆年僅二十歲，對於戀愛稍微嚮往，卻不怎麼積極，在慶生會當天喝得爛醉如泥的他，從朋友手中接過一張名為「七日男友券」的紙張，看似是個玩笑，卻引發了料想不到的後果。

事後，根據朋友的描述，醉得神智不清的他拿著這張券在慶生會場裡繞了一圈，很隨意的將紙張貼在某個男性身上，更不停的對那男人毛手毛腳、愛不釋手。

之後他已不太記得，只曉得隔日醒來，他人在一棟裝潢高雅的獨棟公寓裡，身旁還躺了個身材挺拔、五官迷人的男性，雙方全身不著寸縷，發生了什麼事，不言而喻。

然而——清醒之後，他手裡抓著那張莫名其妙的七日男友券，上頭已有雙方的署名。

「早安，我的小貓。」男人對他很滿意，並且親暱的抹了他驚愕而微張的嘴。

「你是誰？」韓守恆嫌惡的擦著嘴唇，雙方都帶著濃厚的酒味，顯示昨晚肯定喝了不少。

「就如你手上那張紙的答案，你未來七日的男友，上頭有我的名字。」

「寧……夏生？」

韓手恆抓著那張紙毫無頭緒，在這男人的名字旁有自己的簽名，字跡歪七扭八，完全是在酩酊大醉的狀態下的作為。

「不記得的話，我可以幫你回憶。」男人見他失憶又茫然，於是「很好心」的將人重新壓回床上，粗糙的拇指撫過那張水潤的唇。

「放手——」這男人太過強勢的氣息，使他害怕。

「韓守恆，請允諾你昨晚說過的話，就算醉得神智不清，我仍舊認定有效。」男人以一個令他快喘不過氣的深吻表達立場。

「我說過什麼？」韓守恆被放開後，再次很不客氣的抹嘴脣，卻無法忽視男人在他身上親密的撫摸帶來的悸動。

「你說，未來七天請多多指教，我的初戀——」

少年並不相信自己說過這種話。

「真榮幸，我成了你的初戀。」男人很開心，連帶著親吻的力道也加重不少，雖然他對韓守恆的身板不甚滿意，處於男孩與男人間的體魄，因鮮少鍛鍊的關係過分單薄，腰好似一掐就斷……

他偏好肉感些的肌理，這傢伙太過乾癟，一看就曉得沒經驗，還得花時間引導，然而少年的身軀並非無優點，最令他愛不釋手的就是那雙修長的腿，他情不自禁的在少年的大腿內側落下一吻，直接摸上胯間的性器拉開他的雙腿。

「疼……你快放手——」身後襲來隱密且羞人的刺痛，昨晚的一切他居然一點記憶都沒有，未免喝得太醉。

「我盡量溫柔點。」男人並非不能溝通的人，手勁立即放緩不少。

少年最脆弱的部分在對方手裡，他無法反抗只好隨波逐流，卻忽略不了滿溢全身的羞恥感，他不曾與別人有過親密的碰觸，而這人卻毫不客氣的往自己性器搓揉，他不驚恐才怪。

「你……你怎麼可以……摸那裡……」韓守恆連腿間的器官都羞於說出口。

寧夏惡意的彈弄一下，使他發出更奇怪的叫聲。

「咦……啊……你、你……」

「真不錯呢，雖然我對處子向來不怎麼感興趣，但是能奪走你的第一次，還真是榮幸，我喜歡你衿持的表現。」

「唔……啊啊……放手、放手……」

男人刻意放慢速度，對少年來說簡直是折磨，性器在男人手中很輕易的完全挺直；韓守恆很想掙脫，卻欲振乏力，最終羞恥的在男人手裡全洩了出來，事後他一直迴避男人的目光，甚至抓過枕頭掩住臉。

「哈啊……你這混蛋……怎麼可以……怎麼可以……」

「昨晚的你可熱情了。」

寧夏吁了口氣，腦中浮現昨夜的美好，少年主動之餘卻透露著初次的笨拙，因為不安而緊抱著他不放，與現在嘴裡說著拒絕，身體卻起了情慾的反應，有相當大的反差。

「別老是提昨晚！」他緊抓著枕頭蓋頭，採取鴕鳥逃避法，完全不顧光裸的全身暴露在對方面前。

寧夏笑而不語，直接以行動表示，趁著少年毫無防備推開他的雙腿，讓股間的風光全露出來，昨晚肆虐過的地方還殘存著清晰的紅痕，順著那些痕跡，男人將手指毫不客氣的擠入少年的後穴，不久前才溫存過，所以侵入擴張時並沒有多大的阻礙。

「啊……啊……你、你……」

韓守恆沒料到他會突襲，想併攏雙腿卻反而被拉得更開，那個他看不見的部位，可以清楚感受到手指在裡頭來回。

「啊……唔……」

他很想反抗，但出聲卻全化為不成調的呻吟，不知不覺順著本能而雙腿大張，放棄遮掩的枕頭，主動張開雙手攬住男人的肩膀，並抬起一條腿輕蹭對方。

「身體還記得昨晚的一切呢——」寧夏很滿意他的主動，嘴裡的拒絕，他就當作是情趣之一。

「閉嘴……」韓守恆氣喘不已，被撩起的慾望占滿理智，於是心一橫，狠瞪男人一眼並說：「要做就快——」

寧夏見他決定投降，心情大好，立刻在他臉上、唇上落下連綿的親吻。

「唔……你、你能輕……點嗎？」起初，少年依然不適應，身軀下意識不停反抗，隨著接吻的時間變長，胸口、腰部被不客氣的撫摸，乳頭被惡意的拉扯、繞圈，原本的抵抗漸漸轉為誘人的呻吟，並沉醉在對方施予的愛撫裡。

韓守恆如昨夜那般，開始追尋他的親吻，張嘴主動纏上去，渾然忘我之際，男人一個挺身，勃起的性器直搗少年後穴。

「唔——痛……」這一瞬間，韓守恆無法避免的感受到輕微的疼痛，但是很快的即被快感取代，身體隨著壓在他身上的男人而晃動，任由人侵略。

雖然感到可恥，然而他卻因為舒服，在被挑起性慾本能後，將過往的衿持全拋掉。

「啊……啊……就是那裡……」

男人瞬間攻進他的敏感帶，強烈的刺激使得他顫抖著並收縮後穴，夾緊對方的性器。

「剛才口口聲聲說著要我放開的人是誰？現在抓著我不放的人又是誰？」寧夏太喜歡他誠實的表現了，這傢伙再次勃起的陰莖頂端，正不斷的摩擦他的腹部。

「你……你……我都做到這種地步了……你……能閉嘴嗎……」

「是啊，我在床上向來不是多話的人，但……你的表現真可愛，明明愛死了做愛，卻還想推開我，真有趣——」

「我才沒有！我不愛……唔……」

「原來你喜歡說反話？」

「閉嘴——要做就做，別說這些話招惹我！啊……痛……」

「真是凶悍啊——你很欠缺有人來教訓你。」

「唔……唔……」韓守恆想喊出畢生學過的髒話，卻在男人的不停抽送下化為可恥的呻吟，最後甚至不停的央求對方別停。

事後，少年投降了，帶著恥辱又無法抹滅的情慾氣息，疲憊的盯著男人。

「我會陪你盡情的玩，就這七天。」韓守恆撫摸男人剛毅的下顎，輕聲且充滿挑釁意味地說道，只因為他那該死的不服輸本性。

寧夏被他這故作高傲的架子逗得止不住笑。

「你笑什麼？」韓守恆對於他的笑容感到非常不開心。

「沒，我只是沒料到你比我想像中還要可愛。」

「不准說我可愛——」

「既然、既然一切因我而起，這七天就陪你玩……反正、反正感覺並不差。」韓守恆莫名的不想輸，他全身泛紅、眼神羞恥而飄忽，卻仍舊逞強，想將主導權拿在手上。

寧夏見到他孩子氣的表現，打從心底的喜愛，情不自禁的向他索討更深刻的親吻。

「唔……唔唔……」韓守恆的回應從拒絕漸漸地變成妥協，最後主動抱住對方。

「這七天請盡情享受，我可愛的小貓。」

「啊……」而少年的答案是，無法克制的打顫、無力地癱倒在他懷裡。

第二章 真想回到十年前，阻止自己

韓守恆頭很疼，若是可以，他很想回到十年前告訴自己快點逃，免得落得今日的進退兩難。

那時，他抱持著就放縱七天也無妨的心態，畢竟沒多久他就要飛去英國，只要不聯絡，那瘋狂的七日就有如一場夢——直到隔年他在某個專門販售影音光碟的攤位上，看見了那熟悉的身影。

那是一部寧夏主演的電影光碟，一上映就造成風潮，奠定了他在影壇的地位，封面放了張他靠牆沉思的劇照，據說他就是靠這一幕擄獲觀眾的心。

韓守恆拿著那張光碟不敢置信，這男人不就是陪他胡搞七天的傢伙嗎？怎麼轉眼間就躍身為演員？

「請問，你要買這張嗎？」攤販見他抓著光碟動也不動，很客氣地問道。

「啊、是，我要買這張。」韓守恆鬼迷心竅掏錢，包買了那張光碟，一回家立刻拆了包裝觀賞該部電影。

「真的是那傢伙……」韓守恆盯著其中一幕男人裸上身望著窗外的畫面，確信是同一人，因為這般風景，他在那七日沒少見過。

「總之，應該碰不上了——況且我人在英國……」少年不停的安慰自己，這世界很大，絕對不可能再與對方相遇。

把那七天當作是場夢就好——韓守恆冷靜的分析種種可能之後，頓時安心許多。

他沒料到十年後的今天，兩人會以這種形式重逢。

多年前的年少輕狂，竟造就今日尷尬的局面。

麻煩一件接著一件，此刻青年困擾的盯著那張靜靜躺在桌上的邀請卡，不久前高層托人送來，並告誡他不得拒絕，他抱持著不祥的預感打開信封，一眼就看見卡片上頭那道燙銀的商標。

「歲末感恩酒會，懇請貴賓共襄盛舉。

瑪格麗特全體敬邀」

他確信這絕對是寧夏搞的鬼，但他無從拒絕，廠商之間交際應酬是很正常的事，況且是未來長期合作的對象，他若是推掉，就是在與工作開玩笑。

「後天晚上七點嗎？拒絕不了的邀約真是麻煩……」

酒會地點在市區內某間五星級飯店的大廳舉行，到來的賓客幾乎都是演藝圈相關人士，只有少數廠商有幸參與，代表「橄欖石」與「拓帕石」的韓守恆即為其中之一。

這類的場面很注重形象，儼然是公司門面的他，頂著總監的頭銜，正裝出席。

會場內相當熱鬧，瑪格麗特幾位今年最熱門藝人出現後，引起另一波的高潮，賓客們忙著與他們敬酒、打招呼甚至是合照。

在熱鬧的氣氛之下，韓守恆選擇點到為止，簡單的交談、交換名片是必要的項目，除此之外他並不想與在場的人們有太多交集，原因在於每一個人都對他投以打量的眼光，青年猜想，多半與瑪格麗特內部的兩個當家王牌爭奪代言一事有關。

「原來是你們這家公司啊——真有面子呢，兩個男神爭相搶代言，改天有機會一定去貴公司拜訪。」

「韓總監也長得一表人才呢！是不是從事彩妝業的人，顏值都得高一些？」

「韓總監，希望有機會合作，敬你一杯。」

隨著聚集過來的人增加，韓守恆雖然困擾，但為了公司面子仍得陪笑，不停敬酒的情形下他打從心底感到吃力。

「諸位，圍著我的衣食父母做什麼呢？」

一道熟悉低沉的嗓音打斷了人們，韓守恆回頭一望，便觸及寧夏那張不太真心的笑顏。這難以察覺的怒氣是怎麼回事？

「啊、寧夏先生呢！我們正在與韓總監詢問代言一事。」這位西裝筆挺的男賓客一見寧夏登場，眼睛頓時亮了起來。「真是羨慕拓帕石能與你談合作，希望我們也能有機會——」

「若是有好的提案，我們一定會考慮的，感謝支持。」寧夏不鹹不淡的打斷對方的話，並拉著韓守恆的手臂向所有人說：「我與韓總監還有點事要談，暫時失禮一下。」

他們倆就在眾目睽睽下離開，寧夏將他帶往宴會大廳附設的休息室，一落入獨處的空間，男人就沒了剛才的笑容，取而代之的是嚴肅且壓迫人心的氣勢。

「你怎麼沒多帶一個人來？」寧夏關起門開罵。

「寧先生，這是工作上的正常交際，應該與你無關。」韓守恆下意識地與他保持距離，面對這番質問，他非常不舒服。

「你酒量這麼差，怎麼扛得住那些人的敬酒？」

「那是我的事。」

「是嗎？身為拓帕石的總監，想在眾人面前酒醉失態？」寧夏勾起冷笑，青年的倔強多年不見，變本加厲了。

「我並沒有醉，而且我會節制。」韓守恆別過頭迴避他的目光。

「如果你只是想告誡我這件事，現在可以放我回去了嗎？畢竟這是貴公司的活動，寧先生身為瑪格麗特的臺柱之一，不該花太多心力關心一個合作案尚未談成的廠商才是。」

寧夏重重的嘆了口氣，這人不但更倔強了，回應的方式也更為尖銳，細想現在並不是與對方起衝突的時候，只好放過他。

「請。」寧夏抬手禮貌性地送他離開，青年頭也不回的轉身開門。

他不太甘心的望著青年的背影低聲提醒：「最好節制點，你有點醉意了——或者你可以去照個鏡子，看看你的臉現在多紅。」

韓守恆身軀一僵，淡淡地回：「多謝關心。」

伴隨時間的推進，場內變得更熱絡，互相敬酒、交流的賓客增多，中段時，瑪格麗特讓近期旗下最熱門的男子偶像團體登臺表演，氣氛立刻被炒得更熱。

韓守恆在臺下欣賞表演，這段時間仍然有不少人找他敬酒、交換名片，他正思考該不該換成氣泡水的當下，有一位男賓客又替他要了杯紅酒，香檳、紅酒、白酒交雜的喝著，又因為幾近空腹的關係，醉意隱略浮現，不過他自認這等程度還能承受。

表演結束，瑪格麗特的幾位高層分別上臺致詞，內容多半是感謝賓客們這一年來的支持，來年希望能繼續維持良好的合作關係，身為臺柱的寧夏，與因為拍戲而遲到的余東哲也分別上臺答謝、打招呼。

韓守恆的四周響起了女性們欣喜的歡呼與鼓掌，只是他因為醉意無法集中精神。這酒勁來得比他設想得還要早，必須盡快離場才行。

他才轉身準備落跑，卻毫無防備的撞上某人，沒能來得及看清對方，手腕便被緊緊牽住，被迫離開人聲鼎沸的宴會場地。

「請幫我準備一間雙人房。」寧夏抓著他的手腕，直接往大廳的電梯口走，後頭還跟了個飯店服務員。

「這是頂層的雙人套房門卡，寧先生請隨意使用，這位先生身體不舒服嗎？需要我們的協助嗎？」服務員看著一旁腳步虛浮的韓守恆不由得擔心。

「他只需要休息一下就好，這段空檔別讓其他人來打擾，若是有人問我的去處，就說親友生病，我去照顧他即可。」

「好的，我曉得了。」服務員恭敬地彎腰，電梯門一關上，外頭的喧囂立刻被隔絕。

「你做什麼呢？隨意把人拉走……」韓守恆甩開他，拖著搖搖晃晃的軀體想按一樓的按鍵，可惜無法對準焦距，按下的卻是三樓。

「連數字都看不清楚，你確定能穩穩的離開這裡？韓總監，萬一在大門口倒下，可會讓貴公司丟臉，不是嗎？」寧夏在後頭索性不阻止，看他出糗。

韓守恆察覺按錯樓層後擰眉發出怨嘆，一直維持同個姿勢不願回頭。

寧夏選擇沉默，他就想看著這倔強的傢伙還要堅持多久。

「我沒有醉……」青年背對他，煩躁的說道。

「喔？」男人輕哼的反應顯示一點也不採信。

電梯的面版指向數字15，門一開，韓守恆面前一片暖色的投射燈光，搭上深色的地毯、米色石紋牆面，尚未一窺房間的內部，就能感受到這間飯店試圖給予顧客賓至如歸感的設計。

「你能走好嗎？房間在走廊最尾處，一五二〇號房。」

「可以，我就躺一下，房間的費用我稍後補償給你。」青年彆扭的不承認酒醉，撐著身子強往前走。

寧夏不戳破，安靜的跟在他後頭。

過於虛浮、搖晃的步伐徹底暴露韓守恆酒醉的事實，房間只剩一半的路程，但他力氣盡失的靠在牆邊。

「韓守喵，就說你很醉了，還想否認？」寧夏眼明手快，趁他還沒親吻地毯之前伸手一撈，輕鬆的將人抱住，俐落的抓起青年的左手臂往肩上搭。

「混帳，我沒醉——不准叫我含手喵！」韓守恆嘴裡否認，身軀卻自然的靠著男人。

「十年前你也說了一樣的臺詞，之後卻全身脫光，誠摯地邀請我……操你——」

「別說這種根本沒發生過的事！」青年憤恨的瞪了他一眼，只要聽到寧夏提起十年前的事，他的胃就一陣抽痛，不管真或假，他都希望這人別再提起。

「是不是發生過，等會兒就能證明了。」寧夏對於他的否認並不以為意，惡質的輕咬他發紅的耳朵。

「你在胡說什麼……」韓守恆還沒說完，人就被扯進房裡，因為酒精的侵襲而失去自主能力，被男人輕鬆的往床上丟，姿勢非常狼狽。

他也無暇管這些，寧夏的企圖太明顯，才剛沾到床馬上往前爬行試圖離遠，但是右腳踝早被扣住並往回扯；動作太過遲鈍，一點反擊的力量都沒有，轉眼間已被男人壓在身下，股間更被膝蓋頂了幾下。

「寧——夏——生！你這個混蛋！」韓守恆失了冷靜，咬牙切齒的連名帶姓怒喝，目光所見卻是男人得逞的笑意。

「曉得我本名的人並不多。」寧夏勾著他的下巴笑道，平時冷靜高傲的小貓發怒的表情真是迷人。

「唔……你……」韓守恆氣得胸口起伏極大，一口氣緩不過去，整張臉變得更為紅潤，寧夏朝他臉頰舔了一下，暗示性十足。

「十年前，有個將七日男友券塞給我的少年，也曾這麼叫過我。」

韓守恆一聽到「七日男友」，便極不自然的閉上眼，放任男人在他臉上親吻。

「那七日很美好，想忘也忘不了。」寧夏自顧自的說，從臉頰到嘴脣落下一個又一個的吻。

「如果你忘了，我願意幫你重新複習。」

寧夏永遠記得十年前的某個晚上，有個漂亮的少年在他常光顧的酒吧慶賀二十歲生日的光景，現場有男有女，每個人都精心打扮、氣氛正好。

他僅是在遠處觀望著，並在人群中尋找壽星，一下就找到今日主角，男孩頂著一張喝醉而紅透的臉，與大家敬酒歡呼，據說才喝下三杯紅酒而已，酒量真是驚人的差。

這場慶生會因為壽星早早酒醉讓氣氛加溫不少，在眾人歡呼下少年切下蛋糕，並好心的分享給在場的人，寧夏也分到了一塊，滿滿的鮮奶油與草莓構成，非常的甜，他只吃幾口就將盤子往一旁推。

那時，慶生的人們又有新的動靜，少年的朋友依序送他禮物，畢竟都是年輕人，送的禮物大約都在中價位，但有個男性高舉一張像是支票的東西。

「韓守恆，聽著——」

原來壽星叫韓守恆，挺好聽的名字。

「這是老闆獨家贈送的禮物，七日男友券。」

寧夏一聽，忍不住失笑，心想這毫無根據的紙張能有什麼作用？

「在場所有人隨你挑，只要你滿意，就將這張紙貼到對方身上，為了幫你脫單我們可是想盡辦法啊！滿二十了，戀愛經驗完全掛零，你不著急我們可著急了！」

寧夏仔細聽著說明，不禁笑得更開懷，這禮物真有趣，被選中的人真的願意接受嗎？

「那麼，開始——」那名男性將紙張交給韓守恆，四周一陣鼓譟，眾人都看著他的一舉一動，混在人群中的寧夏亦是。

接過紙張的壽星在人群中亂竄，寧夏盯著少年瞧，直到對方在他面前停下，不由得愣了一會兒。

「……就是你了。」少年渾身酒氣、意識不清說道。

寧夏沒能回神過來，那張紙就被塞在手裡，只是一張普通的彩色列印紙，仿造支票的形式設計，上頭已有少年的簽名。

「這七天——請多多指教。」少年雖然酒醉，卻體現良好的家教，朝他慎重的行禮並請他在紙張上簽名。

「為什麼選我？」寧夏失笑問道，沒料到自己竟成了注目的焦點。

「你很好看——」少年笑得開心，還伸手捧住他的臉親吻。

寧夏任由他動手動腳，偏纖細的身材、弱不禁風，要不是身上那件襯衫剪裁合宜，他可以想像少年脫光後有多乾癟。

「你是我喜歡的類型呢……」酒醉的人毫無顧忌的攀上他的身軀，主動索吻討抱抱。

在場的人不在乎他們到底認不認識，只是努力的鼓譟、歡呼，寧夏隱約還聽見有人喊，不曾見過韓守恆這般主動。

怕他倒下，寧夏伸手摟住對方並低聲問道：「你是認真的？就算你喝醉，我也會將這件事當真。」

「有效、有效——我的男友——我的菜——」韓守恆醉得什麼話都敢說，看在寧夏的眼中簡直像隻撒嬌的小貓。

瞬間，他就落入的少年無意間編織的陷阱裡。

「就這七天，你想做什麼都隨你了，我的小貓。」寧夏欣然接受這突如其來的意外，並扣著他的下顎，在唇上深深一吻。

整整七天，他很盡責的當了少年的初戀、初體驗，第一天雖在驚愕與誤解之中展開，但之後的六天很纏綿，不料結束後少年卻人間蒸發，完全斷了聯繫。

他用盡各種方式依然聯絡不上，就此懸念了十年，最後在一份企劃書上瞥見「韓守恆」的名字。

寧夏起初抱持試試看的心態——以董事之一的身分從旁觀看那場企劃會議，相當合情合理。

那是一家剛推出的彩妝品牌，想與瑪格麗特談代言人。韓守恆負責推薦，他全神貫注的解說，並未看見站在角落旁觀的寧夏。

時過多年，韓守恆不再有當年的青澀神態，反而多了幾分幹練，但是天生清冷、高傲的氣度卻沒什麼變。

雖然那場會議，確認由余東哲接任代言，但當下他便決定要搶下代言，只為了更接近他思念已久的人。

寧夏不禁感嘆上天真是眷顧他——

十年不見，韓守恆變得更漂亮、更迷人了。

不變的是那差勁的酒量以及不願承認的死板個性！

「唔——放、快放開……」韓守恆頻頻拒絕，卻在男人不容拒絕的親吻下，隨著起舞、扭動身軀，一晃眼襯衫的扣子全被解開，帶著薄繭的手掌在他的胸膛上來回揉捏，並搓捏逐漸挺立的乳尖。

「你這裡喜歡被玩，這點也沒變。」男人正在重溫十年前的一切，也替韓守恆複習，每個動作、每一字一句都挑動被刻意遺忘的記憶。

「胡說……」青年不自覺的挺起腰，不停被揉捏的右胸乳尖，襲來陣陣的快感，他逐漸感到不滿足，悄悄的伸手撫上左胸，暗示著此處不甘受冷落。

「還有一點也沒變，你的身體比嘴巴還要誠實。」寧夏沒忽略他的暗示，替他拂開襯衫衣領露出大半的胸膛，環抱住那副略嫌單薄的軀體，埋首在他的胸前張嘴咬住了左乳。

「啊——」韓守恆難以克制的輕喘、呻吟，胸前的濡溼感及吸吮的力道，使他全身癱軟，全神貫注的感受對方在他身上施予的快感，身體的本能背叛理智，腦子拚命想著拒絕，軀體卻一直主動迎合，甚至迫不及待的抬腳蹭著男人的身軀。

寧夏瞧著他白皙胸膛上留下的各種紅痕非常滿意，目光掃視青年的全身，發現對方的股間早已有了動靜，勾起惡質的淺笑，抬手狠狠的朝那處掐了一下。

「你！」韓守恆吃痛的叫了聲，狠狠的瞪了一眼，想踹人時卻被男人扣住腿部，在無從抵抗之下，包含內外褲全被扒光，全身只剩那件失去遮掩功能的白色襯衫。

「別急，這裡還有這裡，等會兒全會悉心照顧。」男人露出得逞的笑容，順著股間來回撩撥幾下，青年在這似有若無的輕撫下，無法克制的顫抖。

寧夏在大腿內側親吻，一手則順著腿部線條撫摸，動作刻意放緩、細心感受。

韓守恆最令他著迷的一點，即是這雙無瑕疵、姣好修長的腿了。

「啊……寧、寧夏……住手……」青年壓抑著快感低聲制止，男人就在他的腿部、腰腹游移，故意忽略腿間早就直挺、等著人來愛撫的莖身。

男人坐起身，勾著別有意圖的笑意，真如他的要求完全停手。

「你……」全身無力、將僅剩的精神集中在下半身的韓守恆，眼角帶淚，哀怨的盯著他。

「是你叫我住手的。」

寧夏的無辜樣，在青年眼中惡質到極點，偏偏無法否認，拉不下臉又礙於下身勃起的肉莖亟欲獲得解放，在悲憤交加之下他咬牙別過臉，決定自行解決。

「唔——你到底……」當他的手掌握住性器，一隻寬厚的手掌便輕輕攀上並將之包圍。

「誠實點，我就讓你更舒服。」男人壓住他的手阻止，掛在臉上的笑容惡意滿滿。

「你別欺人太甚——」韓守恆扭動身軀，無奈對方的手勁不小，自身全落入他的掌控裡。

「求我，就像十年前那般——那才是最真實的你。」

韓守恆抿著嘴，相當氣悶，但是下半身凝聚著熾熱的高溫，而且男人故意在性器頂端輕磨了幾下，他立即渾身無法克制的發顫，全身叫囂著想解脫。

「幫……幫我——」青年羞恥的別過臉低語，不斷湧出的快感累積過多，竟感到疼痛不已。

「幫你什麼？」

「別明知……故問——我都做到這種地步，你別太過分——」

「好，放過你。」寧夏雖然不太滿意，不過以青年的性子來看，這的確是最大的讓步了，再不表示點什麼，就太說不過去了。

「雖然差強人意，但我還能接受，反正來日方長。」寧夏帶著與言詞不符的滿意笑容，在他脣上落下一吻。

韓守恆模模糊糊的想著，意思是還有下回嗎？這太糟糕了——

「去你媽的——啊……」

「爆粗口的習慣也沒變，外人一定想像不到，擁有一張絕美臉蛋的菁英，在床上是個喜歡出口成髒的人。」寧夏愛死他反差的作風，一想到只有自己能見著，完全打中他具有獨占欲的一面。

他內心抱持的念頭越是強烈，握住青年性器的力道也越是加重，甚至掐痛對方。

「寧……寧夏……」韓守恆疼得眼淚直流，不禁放低姿態哀求，但如貓叫的低鳴對男人來說只是加強施虐的意念。

「你、你想做什麼？」青年得到預期以外的回應，在毫無準備的情形下被翻過身，臀部被迫抬高、擺出相當羞恥的姿勢。

「你猜呢？」男人發出悶笑，韓守恆聽著直覺不妙。

恥辱感不斷的湧上使青年紅透了臉；他正想回頭怒罵，臀上傳來一陣火辣的疼，伴隨著響亮的拍打聲。

「你……你居然……」青年無法置信，這男人竟然——竟然打他屁股？

這種只會出現在三歲小孩身上的體罰，竟然發生在三十歲的他身上？

「這是回報十年前，你無故人間蒸發的懲罰。」寧夏從他身後環住，單手捻著挺立粉嫩的乳尖。

「懲罰？」韓守恆倒抽一口氣，怒氣與快感交織使得他滿腹怨言，卻無法說清。

「對，我可是相當克制，否則絕對不只打屁股而已。」寧夏擰他乳尖的力道不自覺的加重，不願關照青年腿間的性器。

「啊……啊……你……」韓守恆難受的將頭埋在枕被間粗喘，腦中沒有其餘的想法與男人爭辯，他只想快點解決兩腿間的慾望。

可悲的是，青年剛摸上陰莖，立刻被寧夏拉開手。

「看你這笨拙的手勢，平常一定很少自慰。」寧夏夾帶著十年來的怨念，忍不住多揶揄幾句。

韓守恆回頭狠瞪了他一眼，想拉開手卻換來更強硬的制止。

「聽話，或者要我綁住你的手？」男人壓低聲音警告，韓守恆很清楚絕不是開玩笑，只好鬆手任由他。

「你這個傢伙……我真的是恨死了你……」韓守恆氣得每一字都在顫抖，男人置若罔聞，只不過悄悄地放柔手勁。

「很乖，我最喜歡聽話的孩子了——」寧夏明顯感受到身下的人放軟身子，便如他所願開始緩慢且規律的摩擦。

「唔……啊啊……」韓守恆的注意力全放在被掌控的性器上，腰間不停的微微顫抖。

「乖孩子，我會讓你舒服點的。」寧夏溫柔的語氣宛如某種致命的催情藥，青年無意識的跟著他扭動身軀，呼吸變得急促。

沉默的空檔並不久，韓守恆在他手中洩了一股濃又稠的白濁後，就渾身乏力地往床上趴，喘個不停，身後的人完全不給休息的空檔，隨即分開他的雙腿，探出手指伸進後穴擴張。

「啊……嗯……」大抵是青年早就做好心理準備，寧夏的手指毫無憐惜的侵入體內時，並沒有多大的抵抗，僅是感到不適應而發出尖銳的抽氣聲。

寧夏並未忽略這微小的暗示，刻意的放緩動作，並親吻他的後頸試圖轉移注意力。

「別怕，我不會傷害你的，就像十年前那樣，放心的交給我。」

「啊……慢點……」他的誘導相當有效，青年的反應告訴他，他肯定記得十年前的一切，原本緊繃的身軀逐漸放鬆下來，不自覺發出的呻吟夾著濃厚的甜膩。

男人眼見擴張夠了，便扶著性器挺入，身下的人因為疼痛全身顫抖，呼吸一顫一顫的，生疏的反應在在顯示這人的性經驗相當貧乏，預期對方得花點時間適應。

對此寧夏相當滿意，依此推估，這十年來韓守恆的戀愛經驗肯定不多。

「痛……」

「別太緊張，等一下就會舒服了。」寧夏一度停止，韓守恆還在適應許久未經歷的性事，過分緊張與疼痛使他下意識縮緊後穴。男人因此不願貿然動作，為了幫助青年還伸手握住不久前釋放過的性器，緩慢溫柔的套弄。

「啊……啊……寧、寧夏生……」韓守恆因為酒醉與快感交織，與十年前的記憶重疊，迷亂的呼喊對方的本名，此舉宛如替寧夏打了強心針。撫慰的方式有效，青年明顯放鬆不少，他開始加快抽送的速度。

「你果然記得，真開心。」他好似找到只有兩人擁有的祕密，心情大好，在青年的背上親吻，留下好幾個清晰的紅痕。

「唔……啊……夏生、夏生……快點……」韓守恆頻頻喊著男人的本名，整個人處於時空錯亂，就像回到十年前初嘗歡愉的少年時期，他很喜歡男人的溫柔手法。

「我喜歡聽你念我的名字，多喊幾聲，行嗎？」

「夏生……夏生……」韓守恆順從他的請求，不停的低語，這讓寧夏只想擁緊他。

「不行……我會死……」韓守恆的眼前一片空白，全身輕飄飄的，甚至感到快喘不過氣，原本愉悅的呻吟逐漸變成細微的低吟，他開始承受不住對方施加在他身上的攻勢。

「你不會死，再一下就好，乖。」

「不行……夏生……不行……放過我……」青年開始發出啜泣聲，無法掌控被對方挑起的情慾反應，無意識張開的腿間全是兩人製造出的曖昧痕跡與液體。

「真拿你沒辦法啊——」

男人本想將積壓多年的慾望狠狠的加諸在對方身上，但是當他掐著幾乎沒幾兩肉的腰、聽見疲憊更勝於快感的粗喘與哀求，心不由得軟了下來。

「這次就放過你了。」寧夏感到可惜，雖然分開十年累積的思念，讓他只想將人綁在床上狠狠操個幾天，但是內心仍然想多疼愛他一些。

「唔……」

寧夏明白他已承受不住，不想在事後麻煩的清理，便決定不在體內釋放，靠著僅存的幾分理智抽出性器。

這一瞬間，他瞥見對方腿間全是自己的傑作，清晰的紅痕、汗水與體液交錯，雖然他並不怎麼甘願結束這場性事，但是看著對方白皙的大腿沾著曖昧的痕跡，他已然滿足，更情不自禁的撫上圓潤的臀，順著股間的縫隙往下摸索，在會陰處與腿根來回游移，輕柔的拉開右腿，讓兩腿間的隱密全顯露出來。

「別又……來……」背對他的韓守恆，不清楚男人到底有何打算，只曉得腿被拉得更開，使他誤以為對方只是緩口氣還想再來一次。

「放心，今天就放過你，以後有的是機會。」寧夏將拇指拂過不久前肆虐過的穴口，明顯的紅腫，心想雖然沒受傷，但等會得替他上藥才行。

「唔……以後……以……後？」韓守恆當下失去判斷能力，因為男人在他腿間來回套弄的觸感太過清晰，他的腦中甚至能描繪對方的手指形狀，男人突然抽離手指，取而代之的是先前在他體內肆虐的性器，熟悉的熱度正抵著他的穴口。

「你要做什麼……唔——」話還沒問完，熱燙的液體灑在他穴口外，稠且溫熱的潮溼感隨之襲來，他意識到那是男人的精液，在腥羶的氣味中這場性愛結束。

韓守恆明顯鬆了口氣，趴在床被上微微輕喘，雙腿維持打開的姿勢，一時合不攏。

寧夏盯著他的股間入神，隨著青年喘息，紅腫的後穴跟著蠕動、微張閉合，配上周圍沾著他剛才射出的精液，對他來說有股難以言喻的性感。

「唔……」正張嘴呼吸新鮮空氣的韓守恆，再次被掠奪雙唇，寧夏的親吻來得急又猛，直到他抓著對方的背慌亂地留下爪痕才被放過。

「呼……你……我沒體力陪你玩了……」韓守恆連翻身都顯得困難，酒醉與疲憊使他眼睛快睜不開了。

「只是接吻而已，獎勵你的表現良好。」男人勾著笑，在他背上親吻，不吝嗇地給予讚美，身下的人因為酒精侵襲，渾身無力地揮手驅離。

「那就別吵我……」韓守恆不想理會他，順手抓起被丟在一旁的手機察看時鐘，沒想到與這傢伙折騰太久，居然半夜一點了。

「真不可愛。」寧夏雖然抱怨，但語氣裡滿滿的寵溺卻無法掩飾。

「可愛這一詞並不適用我……」青年枕在手臂上含糊不清的抱怨，因為不停湧現的睏意直打哈欠，酒醉加上勞累的床上運動，耗掉他不少體力，不久後便沉沉睡去。

就算男人在替他清理時不停毛手毛腳、接吻，他也毫無反應。

「真無趣。」寧夏最後決定摟著他一起入睡。

青年的睡相極好，不會胡亂翻身，但一沾到溫暖的體溫，手腳就不自覺的攀了上去，更在對方肩窩上蹭了幾下，一臉滿足。

「只有睡著時才安分——」寧夏就盯著他足足半個鐘頭。

過去十年間韓守恆經常溜進他的夢裡，時而像個孩子向他撒嬌、時而彆扭的張手擁抱，少年時期的韓守恆就像他的維納斯，美得令他無法移開視線，但是每當夢境結束，伴隨而來的卻是無盡的空虛感。

與青年重逢之前，他常埋怨韓守恆的絕情，他堅持不換手機號碼，是期待少年總有一天會與他聯絡。

現在他明瞭守株待兔的做法，只會讓這人逃走；好不容易找到人，他怎麼可能放手？

「韓守恆，這次別想再逃走——」

帶著滿足擁緊男人，並在昏睡的青年耳邊低喃，直到睡意湧上，寧夏才閉眼沉睡。

難得一夜好眠的寧夏，被身旁毫不客氣的動靜吵醒，臥房內的燈光全被打開，刺眼的光芒直接落在他眼皮上。

「六點半——韓總監，你起得真早。」寧夏的聲音難掩嘶啞，若不是他對這人的容忍度高，恐怕早就罵出口。

「我與你不同，早上九點得開會，我必須回家換衣服。」韓守恆緩慢的套上襯衫，低頭嗅了領口，襲來的濃郁酒臭味令他不免皺眉。

「這種小事，我可以吩咐服務員替你準備新的衣服，何必大費周章犧牲睡眠？」寧夏盯著他穿衣，胸口、背部都是被肆虐過的痕跡，真是再好不過的風景。

「不需要。」韓守恆背對著他，清楚感受到男人露骨的視線，不由得加快穿衣的速度，但是昨晚的折騰使他連上衣的扣子都扣不準，寧夏看不過去索性下床替他整裝。

「我來幫你。」

「我可以處理！」韓守恆一如既往的抗拒，但是對方強勢的力道迫使他放手任憑擺布。

寧夏替他扣上第一顆扣子時，瞥見了那片白皙的胸膛上殘留他昨晚留下的吻痕，曾含在嘴裡的乳尖，因為接觸空氣而豔紅挺立，宛若在呼喚著他快摘下這對鮮美的紅果實，於是手指便不安分的往右移，並捻住那處。

「你的手在做什麼！」男人的手突然摸上他的乳頭，韓守恆馬上握住他的手腕制止。

「你美得讓我把持不住。」寧夏毫無反省之意，更靠在他的耳邊呢喃著情話，性格保守的韓守恆不願一大早就得承受這些葷話，他厭惡的轉身、忍著疲軟痠疼盡快穿好衣服，寧夏尊重他沒再出手，重新坐回床上欣賞青年穿衣的光景。

「那麼，我走了。」韓守恆好不容易才穿戴好衣物，因為在英國久居學會的紳士作風，就算床上的男人昨晚把他折騰得半死不活，仍然禮貌性地彎身道別。

寧夏沒有出聲，見他什麼事都沒發生過的神情，不禁皺起眉。

這場景很熟悉——

十年前，「七日男友」的最後一日，他們在那間公寓門前分別，韓守恆就是這副表情。

他以為韓守恆會保持聯絡，畢竟那七天他們過著比一般情侶還要親密的時光，令人回味無窮，甚至交換了聯絡方式，沒料到一週後這傢伙的手機號碼卻成了空號，從此不知去向。

寧夏這幾年，都忘不了韓守恆與他道別時那雙淡然的眼。

韓守恆沒有理會男人逐漸凝重的神情，整好領子轉身離開，男人倏地起身抓住他。

「你想做什麼？我沒空陪你耗。」韓守恆想甩開手，反而被握得更緊。

「韓守恆。」寧夏的音調逼近零度，那雙銳利的目光戳得青年很不自在。

「這次，你逃不出我的手掌心，同個招數第二次就失效了。」

韓守恆很清楚對方指的是哪件事，他緩了一口氣，並拉開男人的手。

「我們有工作上的往來，我是能逃去哪？」青年抹了抹被握疼的手腕，不帶任何情感地說道。

「請你記住剛才的話，再會。」寧夏聽聞立刻放手，並語帶威脅的提醒。

青年僅是回頭看了他一眼，眼底藏著埋怨，不再開口反駁，立刻離開。

第三章 就要惹是生非

韓守恆沒料到，十年前無意間種下的因，竟然發芽茁壯成一個難以收拾的大麻煩，徹底影響他最自傲的工作效率。

當他收到瑪格麗特回傳的合約修改通知，竟對著內容足足苦思十分鐘許久，外界都以為他們早已談妥，其實不然，來來回回改了四次，早就超過他預估時程，為此一早進公司就被高層召喚。

「昨天瑪格麗特傳來的要求。」西裝筆挺的中年男子的臉色不太好，不等韓守恆出聲就將那份資料擱在桌上。

「檔期一直談不攏，寧先生有其他的工作，所以提出延後簽約。」男人眉眼一抬，對於一樁好事搞成這副德行，怒氣全寫在臉上。

「這件事一直在我掌握中，我會再跟他溝通。」

「但願如你所說，下個月第一波廣告就要開拍，萬一到時結果仍然不樂觀，你得負全部的責任。」

「我瞭解。」

「你去忙你的吧！別讓我失望才好。」

「先告辭了。」

韓守恆行禮道別後，步伐一如往常的挺直腰桿，絲毫看不出他身上背負多大的壓力。

寧夏遲遲不願簽約，使得他必須即刻進行談判。

收到修改通知當天，他便主動聯絡對方約定面談，原本預期會遭到刁難，沒想到對方公司的聯絡窗口非常爽快，立即敲定下午一點半見面，地點則選在拓帕石附近的連鎖咖啡廳。

韓守恆本以為這次談判是寧夏的經紀人出面，踏進咖啡廳時卻見到先前在床上把他折騰得半死不活的男人，正坐在靠窗的位置喝咖啡，心頭不由得冒出陣陣怒火。

但為了合約他必須忍耐！

「我記得你助理說你今天有活動，怎麼有空出面？」韓守恆站在桌邊遲遲不願坐下，掐著公事包的手不經意的使勁。

「活動提早結束，經紀人另有要事，況且與韓總監面談可是大事，當然要親自出席。」寧夏勾起迷人的笑容，若是其他人鐵定神魂顛倒，但是青年不為所動，保持沉默。

「請坐。」

「我就直接明說了，如果你是衝著我來的，別用公事來威脅我，過去的恩怨我們私下解決，行嗎？」

「不，我是真的檔期上有問題，並不是針對你。」寧夏一手支著下巴，早就猜到青年會很不客氣，回應上相當游刃有餘。

「在這之前，我們再三認過你的檔期，你們明明說沒問題，可今天貴公司卻傳來這份使得企劃部大亂的資料。寧先生，容許我再說一次，如果是個人因素請針對我就好，我的下屬們每天都為了代言企劃加班，請你不要浪費他們的努力。」韓守恆想心平氣和的協商，無奈這人毫不在乎的擺出笑臉，使得他氣憤難耐。

「你吃過午餐了嗎？」寧夏提了個不相干的疑問。

韓守恆氣得一口氣提不上來，正想回擊，卻被對方打斷。

「你肯定沒吃，先點餐，晚點再談。」寧夏將菜單推到他面前，蠻橫地道。

「我不餓，寧先生、如果你只是想要午餐約會，很抱歉我沒閒工夫陪你。」

「叫我寧夏。」男人慵懶的看了他一眼，忽視韓守恆的不滿。

「你……」

「我就看你要裝生疏到什麼時候，我幫你點餐好了，我記得你很愛吃班乃迪克蛋，這家店的套餐挺不錯。」寧夏不理會他的抗拒抓住他的手，逕自喚來服務生替他點完餐，又要來一杯檸檬水好讓青年可以潤潤喉。

「……寧夏，你到底在打什麼主意？」

男人抬頭瞄了他一眼，勾起了笑意。「我就打你的主意，合約的事公司有其他考量，我也有推不掉的工作委託，但是我會簽，你可以放心。」

韓守恆被他壓低的嗓音震得渾身宛若有股電流竄過，他甚至抽不開被握住的手。

「輕易把公司內部的決定告訴我，不怕出事嗎？」韓守恆只能靠口才來武裝。

「是自家人，才告訴你。」寧夏摸著他骨節分明的手指，想著這人腿漂亮、手也漂亮，只有個性差了點。

「如果是自家人就不會刁難我，代言人的事如果沒能有個定案，我與你絕對於公於私都不好過。」青年那雙責備的眼神像把刀子，若是其他人早就嚇得渾身發涼，但是對於寧夏可是毫無作用。

「我還會送你一個大禮，記得先前我們提出的補償嗎？與拓帕石額外簽訂一份廣告合約，內容是男性洗面乳商品廣告，我方商議，決定主角將由我擔任——我可是打破以往的原則，加碼同意這項代言的，你應該表現得更開心點，不是嗎？」

由於更換年度代言人一事，使得他們的廣告檔期全數往後延，為此瑪格麗特方面提出了一個方案，旗下藝人將以友情價接下任一支商品廣告——此廣告並不在本次合約內，同等額外贈送的禮物。

身為廠商的拓帕石當然欣然接受，恰好有一支洗面乳廣告遲遲無法敲定主角，韓守恆主導的企劃部便順水推舟，將這份企劃送至瑪格麗特審議，並舉列出幾位他們希望的人選，寧夏也在選項之一，但是遞交企劃的下屬們並不抱任何希望，認為對方只會派個名不經傳的新人頂替，因為提出的價碼相當低，寧夏願意擔任主角，對他們來說是一份意外的驚喜。

「我只負責簽核，下屬的提案相當不錯，也符合你的形象——只是單個廣告約，應該不影響你的檔期，只是——我沒想到你願意。」韓守恆彆扭的避開他熱切的目光，男人總能輕易瓦解他的攻擊，令他困擾。

「連我的檔期都調查清楚了，這份企劃書想推都推不了。」寧夏肆無忌憚的摸著他的手指，甚至在他左手無名指腹不停的繞圈，讓他彷彿有被套上戒指的錯覺。

「這份企劃我並不認為你會點頭，既然你願意參與那我們榮幸至極，不過，如果你反悔我們還有備案人選。」他以為這番話會惹怒寧夏，卻意外的換來男人曖昧的撫摸。

「我怎麼能讓你失望，敲定的事絕不會拒絕。」

「若是你對於代言人合約也能這樣處理就好了。」韓守恆沒好氣的瞪了他一眼。

「你要是多主動點，合約一定好談，韓守喵——」

「請你注意場合。」青年嫌惡的撥開手，真心希望這傢伙別再提起那個羞恥的暱稱了。

「我很懂得分寸。」

寧夏盯著被拍掉的手，不以為意，卻對眼前的青年消瘦的臉龐相當在意；回憶起先前抱在懷中幾乎沒幾兩肉的手感，這人為了工作三餐都不顧了。

「如果沒事，我先走了。」韓守恆並不想與他有過多的交集，準備離開，男人不由分說地緊握住他的手阻止。

「寧先生，我三點要開會。」

「吃完午餐再走。」寧夏眼神示意著上桌的餐點，強勢的眼神使得青年皺起眉。

最終，韓守恆只得乖順的坐回椅子，在男人的注視下勉強吃完午餐才被放走。

一週後，這份額外贈送的廣告合約，順利的送至拓帕石，還附上了寧夏的親筆信函。

內容提及，年度代言人的合約內容大致上無須調整，但是他有其他工作檔期正在協調，需等一個月後定案，才能完成簽約。

總而言之，代言人的合約幾乎已底定，甚至為了確保雙方合作愉快，下個月的洗面乳廣告將由寧夏擔任主角，展現誠意。

信函中寧夏極為大方的稱讚韓守恆的專業，因此下定決心排除困難促成合作。彷彿已預見美好結局，收到通知的拓帕石的員工們心情非常好，高層更在中午宴請所有員工，在會議室舉辦小型的慶功派對，被視為最大功臣的韓守恆自然是眾人祝賀與感謝的焦點。

在歡慶的氣氛中，男人卻偶爾悄悄露出沉思的神情，企劃能順利推動固然開心，但是寧夏說到做到的作風才是他不安的因素。

當日，就算替公司談成了年度企劃，韓守恆依然盡守本職，直到晚上八點才甘願下班，他獨自住在位於市中心的高級公寓，門禁森嚴、交通方便，每個住戶都在地下一樓配有車位，對於一個獨居的社會菁英來說，是非常好的居所。

如同所有的社會人一般，進了公寓大廳，他臉上的疲憊與鬆懈才隨之顯現，他等著電梯從地下一樓緩緩升起。電梯門開了，與裡頭的人四目相接的瞬間，青年馬上提高警覺。

「好巧。」寧夏靠著牆，身著休閒服與牛仔褲，頭髮隨意梳理，與平時精悍的形象截然不同，手裡還拎著車鑰匙。

韓守恆微微皺起眉，跨進電梯並轉身背對他，刻意保持距離。

「喔？你住十一樓，我就住樓上而已，真近。」寧夏見他按下的樓層，吹了聲口哨。

韓守恆全身僵硬並未答話，他根本被這突發狀態氣暈了。

哪裡巧了？分明是故意的！

他很清楚十二樓之前沒人住，尚未決定時曾去看屋，因為對於十二樓的格局不甚滿意，才選擇住十一樓。

而今兩人成了上下層的鄰居，絕非巧合。

「你現在才下班嗎？會不會太晚？吃過飯了？」寧夏盯著他的背影，不高興的心思全寫在臉上，那件套在身上的大衣突顯青年過瘦的體格，看得更是刺眼。

「多謝關心，我的事不用你操煩。」

韓守恆完全不想與男人有交集，總算等到十一樓的燈號亮起，剛跨出第一步隨即被人扯回，電梯門無情的關上，他則狼狽的跌在對方身上。

「你做什麼！」韓守恆怒不可遏的瞪著他，掙脫開後站起身打算重新按下十一樓的門鈕，卻被伸手制止。

「陪我吃頓晚餐，今天本來有朋友要來，所以煮飯阿姨弄了兩人份，我吃不完，一起吃。」寧夏從後頭摟住他的腰低語，更在發紅的耳尖落下一吻。

「我很介意。」韓守恆直覺往前掙脫，無奈男人的力道強悍，他無處可逃。

「走、陪我吃頓飯。」電梯門再次開啟，寧夏強行拉著他離開電梯，帶進自己住處。

兩人一進屋，屋內的燈火頓時全亮，整個裝潢簡約、高雅，卻也透露出新居啟用的氣息，牆邊還堆著尚未拆的紙箱，如寧夏所說，開放式的廚房裡已備好幾道菜，還有兩副碗筷等人上桌享用。

「請坐。」男人很紳士拉開椅子示意，韓守恆卻遲遲不願動作。

「我的耐心有限，抑或你想被我綁在椅子上，強行餵食？」

青年聞言，雖然不願意也只能服從，這人的執行力有多高，他再清楚不過。

「要喝紅酒嗎？」寧夏抓起一瓶年分不錯的紅酒問道，換來的是那張寫滿抗拒的淡漠臉。

「我差點忘記，你的酒量不好，我們改喝果汁。」寧夏很輕蔑地微笑，替他斟滿柳橙汁，在沒有對話的情形下開飯。

韓守恆緩慢的進食，卻不禁想起上週會晤時，這男人也是同樣的反應，特別的在乎他有無吃飯，難道他一臉看來很餓嗎？

不管如何，盡快吃完馬上走人，他實在不想離這男人太近。

「你平時幾點下班？」寧夏打破沉悶的氣氛，那雙過分關懷的眼神，讓韓守恆皺眉退卻。

「不一定，有時較忙碌的話，十一點才下班都有可能。」

「原來是這樣，所以把自己搞得三餐不繼、風一吹就倒嗎？」

「你懂什麼？工作本來是如此，你平時被侍奉慣了，那能懂我們這種市井小民？」韓守恆別過臉不以為然的反駁，這男人干涉他太多私事了。

「我當然不懂，但是我可以試著去理解。」

韓守恆被他這番話堵得無法反駁，為了避免增加禍端，快速的將碗裡的白飯扒光，男人卻敲著桌面打擾他吃飯。

「沒人要跟你搶，你可以吃慢點，照這種吃法胃都要搞壞了。」

寧夏過於真誠的擔憂使得他一愣，慢慢擱下碗筷不再動作。

「不吃了？」

「你比我媽還煩！謝謝你的好意，但是我有沒有吃飽不關你的事，打擾了。」韓守恆就算再餓，也被這男人盯得毫無食慾，他不想去體會那抹眼神的意思。

他人才離開飯桌幾步，馬上被男人狠狠抓回來坐，迎上那雙隱約夾著怒氣的眼神。

「你曉得我為何答應接下廣告，並開誠布公的說明合約延後簽署的原因嗎？」

韓守恆面對他的質問閉口不回，竭盡所能地躲開他那雙銳利的視線。

「本想再與你多玩一陣子，但是追求一個人，卻搞到對方病倒可不是我的目的，韓守恆——如果你不肯顧好自己，我可以接手，我絕對比你更愛你自己。」

青年因為這番話而窒息，起身想逃卻反被男人扣住下顎，雖然隔著一張飯桌的距離，但是男人動作極為迅速，毫不費力的抓住他，不顧桌上的餐食，湊上前以近乎掠奪的力道親吻。

廚房裡響起一片杯盤碰撞聲，韓守恆失措的揮手抗拒，不小心打翻了男人才剛替他盛好的熱湯，他被這個突如其來的吻搞得頭昏腦脹，直到對方的手掌摸進衣服裡，並惡劣的捏著左胸的乳尖。

酥麻感流竄全身，他察覺男人的企圖，頓時清醒過來，猛然推開對方。

「請我吃飯的交換條件，應該不是用我的身體支付吧？」韓守恆手抵著被吻得發紅的嘴脣，無情地笑問。

寧夏沒答話，被他的言詞戳得渾身不愉快，雙方的氣氛降至冰點，韓守恆無暇理會，迅速拎起公事包轉身離開，男人並未阻攔，只是安靜、慍怒的目送。

好不容易回到住處的韓守恆，全身乏力的往沙發上倒下，只要一想到樓上住著寧夏的事實，渾身便感到煩躁不已。

男人朝他步步逼近，他卻找不到可以擊退對方的辦法。

「魚湯？」

幾天後，正在辦公室忙著公務的韓守恆，接到櫃檯總機的通知。

「是的，有一位中年男性送來一只保溫瓶，說是您的午餐配菜。」

「我並沒有吩咐這種事。」韓守恆皺著眉，光是聽到內容即能猜到是誰幹的好事。

「但是，對方很堅持，放下保溫瓶就走了──說是受人所託，請不要為難他。」

到底是誰為難誰？

韓守恆聽聞，不禁嘆了口氣，內心無限咒罵，但是他也不想鬧得太難堪，只好委屈退一步。

「我請助理拿上來。」

不久之後，魚湯被送了上來，恰逢午休，聞著薑絲與蔥末熬出的香味，飢餓感頓時提升，他打開了袋子。保溫瓶上面貼有一張字條。

「喝完，記得將保溫瓶送還十二樓。」

沒有署名，一眼就看出是誰的字跡，韓守恆看得氣悶，卻只能猛喝湯。

生氣歸生氣，魚湯相當順口，轉眼間他的胃被溫熱的湯水煨暖。沒有因為飢餓感引來的胃痛，他得以在下午專心工作，至於這保溫瓶的主人……先擱著不去想，免得頭痛。

當晚九點，韓守恆拎著清洗過的保溫瓶上了十二樓，他並不願意走這一趟，無奈本性使然，不將他人物品歸還，便渾身不對勁。

當然，他早就猜到這一趟會發生無法掌控的事，但是一進屋就被壓在牆邊接吻，仍在他意料之外。

「寧——寧夏！」韓守恆好不容易抓到空檔推開男人，一如往常的回敬憤怒眼神，誰被莫名其妙的強吻心情會好呢？

「這是回禮，你依約歸還保溫瓶，真是個好孩子。」寧夏勾著淺笑輕柔地撫摸他的頭。

「這算哪門子的回禮？隨意送食物來公司，我很困擾。」韓守恆喘了好幾口氣，往後退幾步，並將保溫瓶丟還他。

「好喝嗎？這可是照顧我多年的煮飯阿姨特地熬給你喝的。」寧夏將保溫瓶隨意丟下，再次靠近他，手腳相當不安分。

「替我謝過那位阿姨，但是我很困擾！」他才剛說完，再次被奪走話語權；不同於以往，今天的寧夏心情很好，撫摸他的力道很溫柔，只是歸還保溫瓶而已，沒必要如此開心。

「寧夏，你在摸哪裡？」

回過神，男人的手悄悄滑進他褲子裡，毫不客氣的掐著彈性十足的臀部。

「送上門的禮物，我並不想輕易放手。」寧夏越發地過分，還張嘴咬了他脖子一口，留下清楚的齒痕。

「放……」青年的嘴裡仍舊不停吐出抗拒的訊息，但是身軀卻背叛了意識。

「韓守恆，你也想做的，不是嗎？」

寧夏露出十足的把握，隔著那塊薄薄的布料，輕柔撫摸那早已勃起的部位。

青年僅是低頭、咬脣，面露懊惱。

在情慾前，他總是無法用理智抗衡，更無法否認身體還記得男人的撩撥——不論是前幾日抑或十年前。

「要做就做吧——」韓守恆放棄抵抗，雙手一攤。

「終於願意面對事實了，乖孩子。」寧夏先是訝異於他立即臣服，隨後露出非常滿意的笑意，見他彆扭的撇頭，更覺得可愛。

「別把我當三歲小孩！」

寧夏笑而不語，送上門的獵物哪有放過的道理？

首先，他要從嘴脣開始享用，先用拇指滑過那張漂亮的脣，細白的頸子，接著是那些礙眼的襯衫扣子，他正逐一排除障礙，終於漂亮的鎖骨顯露而出。

「你一直摸來摸去，到底想做什麼——」韓守恆無法克制的臉頰漲紅，這傢伙的力道很輕，比搔癢還要令人難耐，惹得他心底發癢，有股飢渴從身體深處流竄出。

「看你從容就義的表情，實在不適合接吻。」寧夏著迷的在他的頸間咬了一口，留下清晰的痕跡。

「胡說——唔！別咬！」他話還沒說完，耳垂便傳來一陣刺疼，正要摸向痛處，右手卻被壓在牆邊十指交扣，抗議的聲音還沒喊出，對方便湊上他的唇，緩慢且深入的探索。

是一個比過去都還要深情的吻，彷彿想把失落的那十年全補足，強勢卻又溫柔，使得韓守恆就快喘不過氣來。

「你、你……」韓守恆雙眼泛紅，沁著淚水，為何只是接個吻卻將他撩得渾身發熱、理智逐步流失呢？

「如何？服務還可以嗎？」寧夏回報的是一抹戲謔的笑意，青年的反應總像第一次，帶給他無限的新鮮感。

韓守恆被他的嘲笑激起好勝心，明明紅透一張臉，卻挺起胸努力維持往昔的高傲。

「還行，勉強能接受。」

「嘴真硬。」寧夏的拇指撥弄他的嘴脣，這般孩子氣他反而覺得可愛。

「那麼，我只好使盡全力，好讓你累得腿都抬不直了。」

男人欣然接下他的戰帖，韓守恆聽聞卻不經意的渾身一抖，懊悔說錯了話。

「我說你……你……未免也太久了……」青年躺在客廳的沙發上雙腿大張、衣不蔽體，正被過分溫柔地對待。

他非常不悅，這一切太折磨人。

「我這是在反省。」寧夏惡作劇般地彈了彈他挺立、透著誘人粉紅色的乳頭，並低頭張口舔咬。

「唔——我說過，別老是、老是咬那裡……」韓守恆氣惱的抓著在他胸前的頭，隨著對方毫不客氣的吮吸，舌頭、牙齒並用的逗弄，指尖不自覺的陷入他的短髮裡，本意想推開，手指卻將男人摟得更緊。

「韓守恆，何不順從你身體的渴望？就像十年前，總是毫不避諱的張腿等我進入，多美的風景。」那七天的美好，一直深藏的男人的腦海裡，現在當事人就在面前，他循著複習好幾次的記憶，撫摸這白皙的胸口、過分單薄的腹部，以及早被剝除褲子，早已光溜溜的下身。

韓守恆的敏感點在哪，他全都記得。

例如，直接啃咬乳頭的話，就能聽見青年壓抑的抽氣聲，若是順著他的肚臍繞圈並往下滑，在腿間撫摸、揉捏，故意繞過股間逐漸勃起的陰莖，在始終被忽略的情況下，那兒就會挺起來蹭著他的身軀，哀求著快來撫慰這無法宣洩的小東西。

「寧夏……快……很難受……」韓守恆雙腿夾著他的腰，挺翹的部位廝磨著對方的腹部，藉由布料的粗糙感，好讓陰莖的頂端獲得一絲舒緩，但是效果終究有限，若是男人願意動用他的手幫忙解決，一切就更完美了。

「哪裡難受？」寧夏撐起身軀明知故問，並暗暗想著新購入的沙發真不錯，躺兩個大男人不成問題，當然早在他搬進此處前，所有的家具都已經過考量，比方這寬大舒服的沙發床、臥房裡那張高級的雙人床、浴室裡足以容納兩人的浴缸。

「你明明曉得……」韓守恆咬著脣為難低語，既然男人不願幫他，只好自行解決。

「這裡嗎？再等一下。」男人抓住他的手，順勢抽起被扔在一旁的領帶，將兩手交疊綁了個漂亮的結。

「你怎麼能綁住我？快放開！」韓守恆回過神奮力掙扎，下身急著尋找宣洩的出口，雙手失去自由使他焦躁不已。

「別慌，還記得嗎？你愛死了這個玩法。」男人舔了他的耳垂，那沉沉的聲音竄進心底，竟令他難以克制的渾身發顫。

「並沒有這回事──快放開！」

「還有，這裡也該綁住。」寧夏朝他的私處彈了幾下，不等青年問起，即在根部用細繩繞圈、綑綁。

「住手──混蛋──」韓守恆氣得拚命扭動身軀，下半身的束縛感而呼吸急促、恐慌不已。

「別怕，慢慢回想──當時是什麼感覺，這是你最愛的方式呢。」

「胡說、胡說……唔……」

當他正在抗拒排山倒海而來的快感與疼痛，雙腿已被不客氣的拉得更開，男人粗糙的指頭探進後穴進行擴張時，清晰的觸感使得他注意力轉移、意識逐漸潰散，前後均遭受著難耐的折磨。

「寧……」他想喊對方的名字卻怎麼也喊不齊，眼前的景象逐漸模糊不清，從腰間流竄的快感，一股腦的全往被束縛的部位衝，以往熟悉的解放舒爽消失，取而代之的是無從釋放而倒流的疼痛感。

「啊……哈啊……你……夏生……快鬆開……繩子……」過於疼痛，韓守恆不由得縮起腰，近乎呼吸困難的求饒，不過寧夏並未打算放過他。

「知道我今天為何拖延得特別久嗎？」男人低笑著，將他翻過身軀背對。

被迫擺成跪姿，雙手撐著柔軟的沙發上，腰不自覺的抬高，雙腿大開、扭著腰，完全是邀請對方的最佳訊號，只是腿間垂著那根被細繩縛綁的性器，令他無暇顧及這姿勢有多羞恥。

「韓守恆，你今天特別聽話。」

寧夏舔著他汗溼的後頸低語，被壓在身下的人無法克制地渾身一震，回應的卻是紊亂的啜泣聲。

「聽說，你正在找新的住處，打算搬離這裡，就算違約也在所不惜，是嗎？」

男人的質問，讓韓守恆不禁渾身一震。

為何這件事對方會知曉？

「你乖順地與我做愛，是因為代言人合約幾乎到手，所以打算跟我搞一場，事後再以同樣的手法遠離我，是嗎？」寧夏殘忍的揉捏對方無法解放的性器，力道很輕，卻十足折磨。

「唔……哈啊……放、快放……」

「你是不是忘了一件事？」

韓守恆全身僵直，本該舒服又暢快的性事，在那人刻意拖延的手段之下，成了痛苦、無助的深淵。

「只是內定，我還沒簽名，所以——隨時都有反悔的餘地。」寧夏擰著最敏感的頂端，粗糙的指尖在那處不停的繞圈，甚至還把玩綁在根部的細繩，將青年的疼痛與快感推向高峰。

「你、你想……反悔？你怎麼可以……你怎麼可以……」韓守恆被逼得眼淚直流，張著嘴唾沫從嘴角落下，狼狽不已卻無法克制。

他渾身泛著誘人的紅潤、冷熱汗交錯，卻必須靠著僅存的理智與男人爭論。

「我為什麼不可以？」寧夏騰出手揉捏著韓守恆右胸的乳尖，遲遲不放過他，反而一直加諸各種折磨。

「你……你……」

「違約金我負擔得起，一旦合作案失敗，絕對是你吃虧。」

「寧、寧夏……你這個混蛋……」青年仍然眼淚流個不停，無從判斷是生理的關係抑或是男人過分的威脅。

「韓守恆，現在的你並沒有對誰動心，對吧？」

「如果我說有呢？」韓守恆咬著牙，想撐起一抹笑意反擊，偏偏下半身不斷叫囂著想解放的訊息，使他渾身沁著汗、痛苦不堪，反而透露出令人疼惜的倔強。

「你絕對沒有，喔——若要說有，大概是會把你搞到過勞的工作。」

「啊啊……你這不要臉的……混蛋……我都、我都做到……這種程度了，你為何……還要逼我？」

「是誰混蛋？你一直用武裝、自以為是的決定隨意來踐踏我對你的愛。韓守恆，我很生氣；不過你放心，我現在還很理性，只要你肯面對真實的自己，仍然有轉圜的餘地，否則——」

「否、否則……什麼……」

「我絕對有辦法讓你的世界只剩下我。」

韓守恆真切體會著，何謂羊入虎口。

若是多思考一會兒，別太聽話歸還保溫瓶，便不會落得那般下場。

他並不想回憶昨晚的一切，但是過於強烈的感官刺激，使他腦子裡無限循環播放著那些畫面。

惹怒寧夏的下場非常不好，這男人太多折磨他的手段，最令人膽寒的是遲遲不願替他解放，直到自己狼狽的哭求，男人才甘願解開繩索，並在他手中羞恥宣洩而出。

之後寧夏將那凶猛、尺寸驚人的性器捅進後穴時，韓守恆一度以為會死在那張沙發上，他被迫採取騎乘的方式將男人的陰莖全數吞入，再花去不少時間適應。

疼痛與快感再次襲來，釋放過一次的莖身再次挺立，隨著扭腰在男人的下腹上摩擦，他竟然無法克制的不停落淚。

寧夏像個被服侍的王，主宰著他的一切。

「你……你別太過分……」韓守恆帶著自己也無法置信的哭腔喊道。

「你不也很爽？」寧夏順手摸著他再次起反應的部位，相較於先前的懲罰，這回手勁溫柔許多，盯著青年陷入情慾泥沼的眼神，更多了幾分柔情。

「真美——」

他勾著韓守恆的下顎湊近給了個深吻，趁著青年毫無防備的時候將舌尖探進去與他交纏。

兩人之間傳來曖昧的水澤聲響，與韓守恆壓抑的呻吟，他仍然有一絲理智，總愛咬住下唇阻止聲音洩出。

「傻瓜，嘴唇都咬出血了。」寧夏將拇指探進他的嘴裡，阻止他自虐。

韓守恆意識模糊，一下子沒弄清探進嘴裡的是什麼，便含著對方的拇指輕輕地舔吮，神情入迷又陶醉，寧夏看得入神，小心地撫摸藏在裡頭靈巧柔軟的舌尖，帶著薄繭的指尖在細緻的牙齦肉上來回逗弄，青年無意識的跟著他的拇指吸吮，嘴角都溢出了銀絲。

「你真是性感……」

韓守恆聽聞，猛然清醒過來，自覺失態地吐出他的拇指。

寧夏不給他喘息的空間，狠狠的往上一頂，性器擦過他脆弱的內壁，熾熱且折磨人的尺寸，再次直搗敏感點。

「你……啊……啊……輕點……」

「唔……啊……」韓守恆腦袋一片空白，張著嘴收不回從嘴角落下的唾沫，並下意識縮緊後穴，本能的不願鬆開男人的根部。

「你剛才太可愛了，簡直就像小貓一樣，名副其實的含、手、喵呢——」

「別這麼叫我……別……啊……啊啊……」

寧夏完全打定主意，要徹底擊潰他的防禦，見他還有空閒反駁，抽出性器，將人按在身下，抬起青年的右腿改採能讓對方放鬆肢體的姿勢，緩慢且溫柔的重新進入他的後穴。

「含手喵、韓守喵……這暱稱太適合你了。」寧夏輕咬他的耳垂，呵著熱氣，擠入他穴內的凶器，以折磨人的緩慢速度抽送。

「混蛋，你別侮辱人！啊……啊……好痛！」

寧夏猛然加大力道衝撞，使得青年疼得驚喘，抓著對方的手臂，指尖陷入男人的肉裡，悄悄地留下抓痕。

「很痛……很痛……」韓守恆發出無助的呻吟，仰著脖子張大口呼吸，他的腰與下身襲來難耐的刺疼，對方近乎報復的力道，帶來些許撕裂的疼，他體會不到以往的舒爽與快感，而是難受得想逃。

「真的好痛……」他的呼吸聲變得尖銳，臉部表情露出痛苦，眼眶裡還有淚水打轉，發出比幼貓還細微的痛吟。

寧夏原想教訓他的念頭頓時消退了一半。

「……抱歉，因為你不聽話，我特別想欺負你……」寧夏放慢抽送的速度，甚至停頓下來讓青年有休息的空檔，再揉捏他的乳頭試圖幫助他放鬆。

「唔……啊啊……」韓守恆拱起腰，胸口傳來刺疼與拉扯感，使他不自覺的蜷曲腳趾，抿唇忍受這流竄全身的酥麻感。

「好些了嗎？」寧夏放柔聲音問道，埋在對方體內的性器依舊感受到強烈擠壓，顯然並未獲得多大的成效，於是揉捏乳頭的手指順著身軀往下移，來到青年腿間的會陰處，細細的撫摸、繞圈。

「唔……好……」這方式確實讓韓守恆放鬆不少，甚至雙眼迷濛的點頭，雙腿猛地顫了幾下，直挺的陰莖鈴口處開始流出透明的液體，喘息也不如剛才的痛苦。

寧夏見他總算適應，開始小幅度的搖擺腰身，青年因無力而攀在沙發椅背上的右腿，正隨著他性器頂入的節奏而晃動。

「啊……啊……」韓守恆失神的不斷呻吟，不甘於只有後穴被填滿，逕自伸出左手套弄被忽略的性器，寧夏非但沒有阻止，反而騰出手一同握住輔佐他套弄。

「舒服嗎？」男人見他張嘴不停的翻著白眼，可想而知正沉浸在極端快樂的天堂。

「嗯……啊……」韓守恆輕輕地頷首，下身被賦予的撫弄，使他完全忘了先前的屈辱與疼痛。

「你壓抑太久了……你看，這裡流個不停呢……」寧夏不停的給予他言語上的刺激，手指輕點著他的鈴口處，搔弄般的觸感再次引起一陣難耐的麻癢，他的骨盆至腹部中心凝聚著難以言喻的熱度。

「才沒有……那是……正常的反應……」韓守恆聞言，想也不想的反駁，對方沒有答話而是將沾有透明液體的指尖探進他的嘴裡。

「混蛋……」一股鹹味立刻在他口裡蔓延，青年滿腹的怨言，才剛開口罵了幾句，又被對方溫柔高超的技巧臣服，喘息、細碎地呻吟，並央求男人擁抱他。

他一直努力保持僅剩的理智與男人抗衡，但是對方毫不客氣的猛烈頂入，每一下都撞碎他好不容易建立起來的武裝。

「你必須承認，你很喜歡。」寧夏刻意猛力的往他穴內深處一頂，換來的是悅耳的輕喘，音調裡都帶著舒服與享受。

「唔……才……不……」

「你很喜歡的，都哭了呢。」寧夏瞭解他的嘴一直不怎麼老實，抹去他眼角的淚水。啜泣與呻吟令他無法否認他正沉浸其中。

「這十年間，只有我碰過你，對嗎？」寧夏靠在他的耳邊低語，言詞裡夾著濃厚的占有欲。

「才……不只有你呢……」韓守恆困難的吞下唾沫，這一刻他依舊選擇不服輸——就算對方說的是事實。

「我瞭解，還有你的左手跟右手。」寧夏惡意的捏了他的陰莖頂端，力道雖然不重，卻足以引來如針刺的疼痛。

「你這個……人……真令人……厭惡……」

男人回應他的是更猛烈的套弄，以及毫不留情的往他體內頂撞，雙重夾擊的刺激下，抵著對方腹肌上的性器鈴口處流出精液，同時體內襲來一股熱燙的液體，在他的甬道裡流竄。

「啊……啊……」過於刺激的感官，讓韓守恆眼前一片空白，發出甜美歡愉的呻吟。

「真美——」寧夏抽出性器，低頭盯著青年的股間，穴口流出他剛射出的白濁，曖昧的沾染會陰處與下身捲曲的毛髮。

他想著，這傢伙何時才願意將身心全託付給他呢？

多美的一個人——

寧夏著迷的彎身抱住他，並在耳邊傾訴愛語——

「我好愛你。」

而韓守恆的回應卻是在他肩上惡狠的咬了一口。「你他媽的——趁人之危的渾球！」

男人想著肩上肯定留下了相當清晰的齒痕，看來要兩情相悅的日子還久得很。

隔日，韓守恆在滿是懊悔的心情下醒來，他竟然毫無防備的在男人的臥房過了一夜。

「韓總監，你的身體裡有鬧鐘嗎？為何總是六點半準時醒來呢？」

韓守恆慌忙的坐起身驚醒了對方，他無暇顧及那人的揶揄，迅速下床撿回四散的衣物；渾身都是男人留下的愛痕，儘管被清理過，後穴仍然殘存對方肆虐的錯覺。

「今天有很重要的工作——攸關你的洗面乳廣告會議，明天就要開拍，你可別忘了。」韓守恆一面穿衣一面沒好氣的說道，幸好住家就在樓下，他還有空檔洗澡。

「喔，差點忘了。」寧夏的回答很敷衍，正全心全意的注視青年穿衣的身影，見到腰部與背部清楚的吻痕，甚是滿意。

「你……」韓守恆見他滿不在乎的回應，不免氣結，但想起昨晚男人威脅違約的事，他不由得收斂。

「總之……下午要拍宣傳照，請你不要遲到。」

韓守恆穿戴好之後，朝他頷首示意，便頭也不回的離開。

男人躺在床上，慵懶愜意的感受青年留下的餘溫，枕頭上還沾著那人的氣息。

「有與你見面的機會，我怎麼可能放過呢？」

下午兩點，市區內某商業攝影棚非常熱鬧。

一群人正忙著準備拍攝拓帕石第一項產品平面廣告，現場的人們情緒高漲，宛若在準備一場慶典。

在休息室裡準備的寧夏與經紀人正在商談別項工作，以及拓帕石的合約問題。

「寧哥，關於代言人的合約，明明都簽好了，為何還不派人送去公司呢？反而多簽了這個破壞行情的洗面乳廣告……」

寧夏的經紀人是一位年過四十的中年男性，資歷深、在圈內相當有名，經由他的手捧紅過不少藝人，地位相當崇高，但是在身為「瑪格麗特」董事之一的寧夏面前，仍舊得拿出恭敬的態度。

「我另有打算，王牌太早交出去就不好玩了。」寧夏往後仰，靠著椅背愜意的發出喟嘆，距離開拍還有半個鐘頭，他能小憩一會兒。

「王牌……與拓帕石的韓總監有關？」經紀人小心翼翼地問，畢竟寧夏最近不尋常的動作很多，推掉一部電影戲約、突然搬去某座高級公寓住，雖然他不過問私事，但是這一切實在令人不免好奇。

「你是聰明人，別多嘴。」寧夏看了他一眼，淡淡地提醒。

「是。」經紀人很識相，低頭接著確認行程。

「接著說。」

「有個實境節目邀請你，林雙丞主持的『男神出走』第二季首集來賓，節目組已傳來企劃，對方正在等我們回覆。」

「雙丞的節目？我記得收視率很好，第一季是東哲當首集來賓……想不到這個傢伙這麼努力，真的撐到第二季了。」

「寧哥要接嗎？」

「接！之前合拍那檔戲，他很有禮貌、面面俱到，因為他的關係拍戲現場很愉快，給他面子吧。」寧夏勾著笑，暗暗想著這小子絕對是因為看準他會憑合作過的交情不會推辭。想讓節目在競爭激烈的娛樂圈裡立足，邀請的來賓就必須夠吸引人。

「好的，我稍晚回覆節目組。」

「韓總監來了嗎？」要事談完後，寧夏打了個哈欠，慵懶地問道。

「我去外頭確認一下，寧哥有事要找他？」

「只要確認他有沒有來就好。」

「是，那麼我去看看，開拍前五分鐘我會過來。」

經紀人離開休息室之後，寧夏便閉上雙眼小憩，不久門再次被開啟，他聽見緩慢的腳步聲正朝他逼近。

「你來了？」寧夏沒睜眼，卻能立刻猜出來人是誰。

「你的經紀人一見我，就說我終於來了，想著你可能有事找我——」

「並沒有特別的事。」寧夏睜眼，朝他勾起淺笑，青年帶著淡然的神色俯視他。

「沒事別亂吩咐人，今天很重要，這是拓帕石的第一檔廣告，我是來盯場的。」韓守恆皺眉，這男人老愛做這類浪費他時間的行為。

「你放心，我會交出好成績的。」寧夏伸手摸他的臉蛋，這傢伙安靜時美得像一幅畫，開口卻充滿尖銳的刺。

「這是必須的。」韓守恆拉開他的手，並往後退了一步，避免男人騷擾。

寧夏盯著他笑而不語，青年被他這抹笑搞得渾身發毛，天曉得這男人是否又在計畫些折磨他的招式。

「如果沒事，我就不打擾你休息了。」

「有事。」

「你能有什麼事？如果與工作有關，建議你拍完廣告再來談。」韓守恆明瞭這人在找藉口，現況只能想辦法迴避。

寧夏不多言，用手指輕點嘴唇，暗示性十足，青年僵著身軀沒有回應，雙眼透露著怨嘆的情緒。

「如果不給點表示，若在拍攝現場把持不住吻了你，不曉得外人會怎麼想——他們親愛的總監大人與代言人糾纏不清？說不定會因此質疑你的工作能力，例如……認為你是靠別種方式讓我簽下代言？」

「我不容許專業被質疑！簽下代言是靠公司與大家的努力，你怎能隨意踐踏？」

韓守恆自認是很理智的人，卻總在這人面前失去冷靜，渾身的弱點都被掌握在他人手中的感受真是差勁到極點。

「所以，我以私人理由跟你索吻。」寧夏的笑容很漂亮，但是看在青年眼裡只有可惡至極能形容。

「我再提醒你一次——」韓守恆嘆了口氣，緩慢的靠近，當他與那雙蓄勢待發的雙眼對上時，不禁倒抽了口氣。

「……請你注意場合，我不希望工作上被人閒言閒語，只是一個吻就能打發，我可以配合。」韓守恆彎著身，只打算在他的唇上輕點一下，男人卻伸手強行扣住後腦杓不放。

他居然像溺水一般，滑稽的掙扎了一會兒……

揮舞的手被男人壓制，這次的親吻比預估的還要久，舌頭、牙齒都被百般逗弄，直到門外傳來規律的敲門聲，才被放開。

「你這混蛋！」韓守恆退了好幾步，非常不給面子的抹著嘴唇，一臉憤恨。

「你的接吻技巧太差了。」寧夏一臉得了便宜還賣乖，欣賞那張清秀美麗的臉龐染上粉色紅暈。

韓守恆被他氣得渾身發抖，無奈外頭傳來的提醒，打斷他們的談話。

「寧哥，五分鐘後開始拍攝。」門外，響起經紀人的聲音。

韓守恆不得不斂起怒氣，眼神卻不自覺的瞪著男人，殊不知這表情在對方眼中，充滿孩子氣。

「蹩腳的接吻很難打發我，往後要做得比剛才還要好，今天就先放過你了。」

韓守恆不願再回應，轉身離開，發怒的步伐就像一隻炸毛的貓，寧夏摸著嘴唇享受不久前遺留的餘溫，意猶未盡的盯著早被關上的門。

「到底何時才能將這個有趣的傢伙，完全收服呢？」

拓帕石的第一檔平面廣告正式開拍。

身為主角的寧夏表現如預期中好，該產品主要市場為上班族，為此，企劃團隊設計了三款造型，足以表現商務菁英的三件式西裝、閒暇模式的休閒look，以及所有造福所有女性們的沐浴後裸身。

其中，就屬第三套造型最引人注目，因為寧夏全身上下只裹著一條浴巾，雖然浴巾內還有一條貼身的平口褲，但是在造型師的巧手之下，明顯的人魚線、經過鍛鍊的腹肌，配上那頭俐落的短髮，一進拍攝現場就讓在場所有女性工作人員倒抽一口氣。

「這企劃誰想的？實在太狠了——男女都會敗倒在他的浴巾下啊……」

負責掌鏡的攝影師不禁對一旁的女助理低語，而那名女助理捧著打光板，看得兩眼發直，完全驗證那句評語。

「寧先生，我們開始拍攝第三套造型。」

「好的。」進入工作狀態的寧夏帶著一股逼人的英氣，造型就算近乎光裸也毫不扭捏，他照著攝影師的要求擺出多種姿勢，並按照企劃概念，強調誘惑的氣息，那雙眼神夾帶著強大的魅力，使在場所有人都為之傾倒——

但其中並不包括韓守恆。

四周不停傳來讚嘆的聲音惹得他內心煩躁，剛才在休息室發生的事，使得他對男人近乎調情的表現感到彆扭，迫於對這次廣告的重視，他必須全程盯場，否則他老早就離開，而不是在這裡折磨自己。

「寧先生，接下來請想像著您正在對你所愛的人調情。」

「只是洗面乳廣告，需要做到調情的程度？」趁著短短的五分鐘休息空檔，造型師正在替他補妝，更在他臉上、身上灑了些水，光裸的上半身多了幾顆水珠，魅惑的程度又加分不少，寧夏卻不禁失笑。

「就當作是給你的影迷服務，這並不困難，是吧？」攝影師捧著相機微笑，幸虧這位天王級的影帝很敬業，立刻就能按照指示展現最完美的演出。

然而，那雙調情的眼神過於逼真，負責捕捉這一瞬間的男性攝影師也不禁為之屏息。站在攝影師身後的韓守恆，被這抹露骨的視線搞得渾身一震。

這並不是演出，是衝著我來。

他下意識伸手壓住胸口，困難的吞了幾口唾沫，想移開視線，卻被男人的強勢目光捉住、動彈不得，更可恥的是他竟然渾身躁熱，下腹甚至襲來騷動。

前方攝影師按下快門的手指不曾停過，寧夏的每一個眼神都能當主概念海報，過程非常順利，提前了半個鐘頭結束所有拍攝，緊接著便是執行美術與攝影團隊做初步照片篩選，到了這一階段，反而進行相當長時間的商討，因為拍攝的成果太好，使得他們猶豫不決。

韓守恆雖然是在場位階最高的人，但是他適時的將主導權放給下屬們處理，僅是在一旁補充意見。

「總監，最終我們選了這二十張照片，每一張都很好，實在難以決定，可以請總監幫我們挑嗎？」

「我看看。」

韓守恆仔細端詳每一張照片，不知為何竟然心跳加速。每一張的眼神都擁有不同的情緒，慵懶、率性、銳利、嚴肅、挑逗，最終，他冷靜地挑出其中一張作為本次的主打海報，無人反對，並獲得全員一致認同。

「我也覺得第三套造型最好，這一組的詮釋特別吸引人。」

「第三套主題是凝視深愛的人，逼真到我都心動了。」

「好像他愛的人就在現場，哎唷——當時我就站在鏡頭後面，心臟差點受不住。」

「總監最淡定了，從頭到尾眉毛都沒挑一下，真厲害。」

「是啊——總監大概是全場最有防禦力的人。」

後來，工作人員轉而誇起韓守恆的冷靜，他仍舊敷衍應對，視線落在那張被選定是主視覺海報的照片上，那抹眼神不論看幾次，心底深處都像被羽毛輕輕搔弄，他不禁呼吸一窒。

這究竟是怎麼一回事？他釐不清，只明白男人好似要將他吃乾抹淨。

「韓總監。」

就在他恍神之際，身後傳來熟悉的聲音。

「王先生？有什麼事嗎？」來人是寧夏的經紀人。

「寧哥託我轉達，他今晚沒有行程，想邀請你吃頓晚餐，地點挑在滿福樓。」

「不了，我還有其他工作要處理，謝謝他的好意。」韓守恆勾起好看的笑容回絕，而他並沒有錯過對方那抹意義深遠的淺笑。

「這真是太可惜了，寧哥說若是您拒絕，可是錯過了好機會。」

「不要緊，下回我請客。」韓守恆客套地微笑，他並不想深究錯過什麼機會。

「他早猜到你的回答，他有交代，下次的邀約請您千萬別食言，那麼告辭。」

韓守恆的心底略有不安，但是他猜不到，也不想猜。

滿福樓是位於市區中心的高檔中式餐廳，採取會員預約制，能在此處用餐的對象非富即貴，隱密性極高，是名人聚餐、商談的絕佳場所。

寧夏結束拓帕石的廣告拍攝後，便在此處與余東哲享用晚餐，並非單純吃飯，他還拜託余東哲必須帶上只聞其聲不見其人的繼弟赴約。

「哎，余東哲，為什麼那個寧夏特地找我吃飯啊？」被特地點名的青年相當不安，正在前往指定包廂的路上，他揪著影帝的衣襬，輕喚他的名字。

「嗯？只是想認識一下，你別太擔心。」余東哲回頭，看著親愛的弟弟滿臉惶恐，竟然笑出聲來。

「笑屁啊！」

「你太可愛了，從沒見過你這麼緊張，真想親一口。」余東哲伸手摸了他的臉，暗示性十足。

「注意場合好嗎！」青年揮開他的手抱怨道，面對人人崇拜的男神，只有他才會擺出如此嫌棄的臉色。

兩個大男人一路說笑打鬧，終於抵達指定的包廂，那裡早已有服務生等待，畢恭畢敬的請他們入內。

「寧先生已到達，請二位隨意。」

「寧夏哥，好久不見了。」余東哲進包廂之後，便看見寧夏坐在主位上玩手機。

「好久不見，隨便坐。」男人露出慵懶的眼神，那是只有在熟人面前的放鬆表情。

「後面那位，就是你弟？」

他一眼就鎖定站在余東哲身後的青年，外貌白皙乾淨，談不上有驚人的美貌，卻帶著一絲孩子氣的俊秀臉龐，一身剛從職場下班的打扮，瞧著青年攀住自家後輩的腰是那麼的順手，由此可見這兩人的關係，比他預期的還要親密。

「是的，我繼母的獨子，趙宣。」余東哲為頭看了趙宣一眼，難掩寵溺的笑容。

「久仰大名，東哲挺常提到你的事。」

「啊……你好。」看到傳說等級的天王，趙宣不免緊張，幸好還有個余東哲扛住，否則面對氣場如此強大的男人，他真心畏懼。

「別緊張，我只是想請你吃頓飯罷了。」寧夏見他一臉緊張，放柔語氣招呼。

「呃……所以為什麼想請我吃飯啊？」趙宣不能理解，他算哪根蔥？竟然讓寧夏這尊大神請客。

「你是促成瑪格麗特與拓帕石合作的重要關鍵，我以瑪格麗特董事的身分表達謝意。」寧夏替他倒滿熱茶，輕笑說道。

趙宣盯著那杯茶感到為難，身為企劃組的成員，他很清楚先前的簽約過程遭到不少刁難，雖說寧夏那封親筆承諾足以穩定眾人浮動不安的心，可是那只合約還沒簽署，一切仍然充滿變數。

「話別這麼說……我只是個小職員。」

「你太客氣了，我很清楚你跟東哲是什麼關係，否則哪有機會與貴公司合作？」

「呃……你這是要跟我談公事嗎？以我的職位來說完全沒資格，應該要讓我們總監來談——」趙宣為難的看著他，用字遣詞相當小心，就怕說錯話，會砸了公司好不容易簽到的大神。

「我今天其實也有約韓總監，不過他說有工作婉拒了，真可惜。」

「喔——總監比我們還要熱衷工作，有時我還會勸他早點下班，上回他還因為嚴重胃痛，請了幾個小時的假看醫生，本該直接回去休息，沒想到他又回來公司辦公，誰都說不動。」趙宣雙手一攤，頗為無奈。

幸虧韓守恆是個不會強迫屬下加班的人，但對方總是把責任攬在身上，日益繁忙的結果，身型也日漸消瘦。他經常聽到女性同事抱怨，說韓總監的腰身都快比她們細了，簡直是招人嫉妒又令人羨慕。

「果然是工作狂。」寧夏輕輕地擰起眉，聽到這類的近況內心相當不舒服。

「寧夏哥，你早就認識韓總監？」余東哲慢條斯理的喝下一口茶，適時的打斷兩人談話。

趙宣對他投以感激的目光。

「熟人。」寧夏淡淡地回這二字，余東哲注視他良久才領悟過來。

「瞭解，所以這個代言機會轉讓給你，看來是值得了。」余東哲抬手與他拳頭相碰，以示欣慰。

不曉得緣由的趙宣，聽到這件事不由得露出怨懟的眼神。

「因為你們隨意更換，才搞得我們公司雞飛狗跳，那一陣子為了重擬合約，總監整整三天都熬到半夜才回家，臉色極差，我們都擔心他會倒下。」趙宣沒好氣的瞪著兩人一眼，隨後無奈的嘆了口氣。

「我只求以後代言廣告能順利無礙。」趙宣合掌誠心祈禱。

「寧夏哥，你別為難他們了，希望能合作愉快，否則我真難對我弟交代。」余東哲理所當然的替趙宣說話，臨時更換代言人的那段日子，他「非常」努力的安撫趙宣，畢竟他也有責任。

「會的。」寧夏慵懶一笑，並從口袋裡掏出一只信封，遞給趙宣。

「這是什麼？」

「幫我轉交給韓守恆。」

「咦？要給總監的啊……」趙宣拿起信封，一時半刻看不出裡頭裝了什麼。

「是的，請幫我告訴他，這是很重要的東西，攸關年度代言人的事宜，請他千萬要慎重考慮。」

「啊？這麼嚴重？不會代言人一事又有什麼問題吧？」趙宣滿腹的不安，計畫趕不上變化的陰影迫使他緊張起來。

「我相信韓總監有辦法解決，記得明天一早就拿給他。」

趙宣非常不安，但是大神都慎重交代了，他絕對使命必達。

早上十點，從不拖泥帶水的韓守恆，向來僅花十分鐘就能開完例行晨會，將各部門需要掌握的進度瞭解完畢後，便放下屬們回崗位上工作。

當他正準備確認手頭的工作時，趙宣一臉為難的從門外探頭進來。

「總監，你現在有空嗎？」那張清秀的臉上布滿憂慮，神色並不怎麼好。

「有什麼事嗎？」韓守恆跟著皺起眉，平日最開朗活潑的下屬，竟擺出如此凝重的表情，絕對不是好事。

「有個私事要找你談。」趙宣回頭望著外圍，深怕有旁人聽見。

「把門關上。」韓守恆深深地嘆了口氣，擱下工作雙手環胸等著趙宣開口。

「這是……寧夏先生託我轉交給你的信。」趙宣將那封淺藍色的信封擱在桌上，只是一個極小的動作，他卻壓力極大。

「寧夏？」青年眉頭鎖得更緊，桌上那只信封微微鼓起，他無法判斷裡頭到底裝了什麼。

「是的，昨晚他宴請我跟我哥吃飯，你曉得的……我的繼兄……」平常能言善道的趙宣，在此刻辭窮又慌張。

「是余東哲，我瞭解。」

這個青年有個強大的影帝哥哥，這件事在公司內部只有少數高層知曉，趙宣本人也要求保密，在外他如同普通的上班族，盡力做到最好；韓守恆很清楚，今天能與瑪格麗特搭上線，這人的功勞不小。

「還有其他的事要交代嗎？」韓守恆盯著那只信封入神，遲遲不願碰觸。

「寧先生只說，這東西攸關代言人簽約的事，請你一定要慎重處理。」

「是嗎？」韓守恆終於願意拿起信封，透過薄薄的紙張，猜測裡頭是什麼。

「總監，是不是還有無法解決的問題啊？代言人的事雖說幾乎要結案，但是沒見到寧夏的簽名都不能安心，我真的怕有變數。」趙宣很憂慮。

身為廣告企劃小組的成員之一，這之中的風波他最清楚不過，總會有突如其來的變化考驗他們的應變能力。

「既然他們敲定了簽約的日期，就絕不會有問題，這點你可以安心。」韓守恆勾著淺笑安撫，他明白下屬們這幾個月來被代言人一事搞得心力交瘁，好不容易即將邁向美好結局，更是戰戰兢兢處理，身為領頭的他必須讓屬下安心。

「但……寧夏說的那句話，我怎麼聽都是威脅……總監、若是有任何不公平的幕後交易，你儘管跟我說！我可以……拜託我哥幫忙。」

「你放心……代言人簽約一事會很順利，不需煩惱。」

「可、可是——」趙宣仍舊滿懷不安，昨晚的鴻門宴令他印象深刻，寧夏氣勢逼人的表現，至今回想起來總會有股惡寒。

「我會處理好，你專心忙你的事。」

「這樣啊……總監，能否冒昧問件事？」趙宣雖然略感不安，但是既然總監掛保證，他就不多煩惱了。

「請說。」

「你與寧夏是不是有什麼過節？昨晚吃飯的時候，他不斷的詢問你的一切，攸關隱私的部分我就沒多說，但是從他的反應看來，很不對勁……是不是有我可以幫得上忙的地方？」

趙宣完全處於私人立場，他也明白私事一旦與公事扯上關係便麻煩不斷。

「我與他只是多年前的朋友，這與工作無關，謝謝你的準確判斷，讓你擔心了。」

「喔……」趙宣搔搔頭面露尷尬，上司不願多談的暗示很明顯，他也不好意思追問。

「趙宣。」

「呃、是？」

「請放心，我絕對會處理好一切。」韓守恆明白下屬此言出自關心，這種時候若是讓不相干的人牽扯進來並不是好事。

兩人互看好一會兒，趙宣在他溫柔卻不失威嚴的眼神中找到強烈的安心感，想來也是，韓總監從未讓他們失望過，這次也一定如此。

「好了，你快去忙，下午有一組商品的總評，千萬別讓我失望。」

韓守恆將他打發走之後，悄悄的吁口氣，趁著四下無人打開信封。

裡頭只有一把精巧的電子鎖與一張精緻的小卡片，仔細看過電子鎖上標示的門牌號碼，他立刻浮現不妙的念頭。

至於那張小卡片上，僅有一行文字——

「今晚七點將有專人接送你下班，請準時至門口等待。」

第五章 重返不想回憶的地方

如那張卡片所寫的內容，七點整時，已有位著筆挺西裝的司機，站在公司大樓前。

「韓先生晚安。」司機替他開好車門，恭敬地打招呼。

韓守恆正想開口詢問對方來歷，司機搶先回答他的疑問。

「我是寧先生的私人司機。」

「有說要帶我去哪裡嗎？」韓守恆不願上車，誰曉得會被送到哪裡去？

「關於這點，寧先生說只要到現場您就曉得了。請上車。」司機語氣溫軟，氣勢卻相當強硬，韓守恆感受到不容拒絕的氣息，決定不多問，無聲的嘆了口氣，拖著沉重的步伐上車。

一路上的風景很陌生，韓守恆基本上只熟悉公司與住家之間的路，對他這種工作狂來說，並沒有所謂的休假，外出多半都有專車接送。

他對這城市相當不熟，更不用提一旦遠離城市中心，四周的一切簡直是新世界，但是當車子拐進一條幽靜的小路，周遭轉變成整排成棟的別墅，青年腦海裡出現的不經意地與多年前的回憶重疊了。

「這地方是……」是他拚了命想忘卻，卻總在午夜夢迴時悄悄浮現的地方。

「瓦清路五二〇號。」專心駕車的司機很好心的補充，而車子已抵達目的地。

「韓先生，我就送您到這裡，請直接使用老闆交付的鑰匙開門。」司機完成接送任務，交代完隨即離開，獨留韓守恆一人望著緊閉的大門發愣。

這裡變化並不大，更因如此，青年腦中一堆不堪的回憶全湧了上來。

「那傢伙到底又想搞什麼鬼？」韓守恆非常想掉頭就走，但是他不能這麼做，只好硬著頭皮拿出鑰匙打開那扇厚重的大門。

這是一棟專為度假設計的別墅，最先入眼簾的是寬闊的大廳，地上鋪著柔軟的地毯，穿越過迎客用的區域後，即可看見舒適寬闊的客廳，此處比他的住家還要大上許多倍，若要說豪宅也不為過。

韓守恆在客廳中央停下，渾身皆極力的抗拒傾巢而出的回憶，客廳、大廳、走廊、飯桌、二樓的臥室、甚至是樓梯，都有與寧夏做愛的記憶。

那七天可真是徹底的放縱，男人好似有用不完的精力，領著他飽嘗……性愛的快感。

「如何，這裡一點都沒變，對吧？」寧夏從客廳另一側出現，全身只著一件單薄的白色浴衣，並散發著男性沐浴乳的香味。

青年選擇沉默，他太清楚無論回答是或否，這人都能找到適當的詞彙堵得他啞口無言。

「裝潢沒變，但家具全換成最新款的設計。」寧夏自顧自的在寬闊的客廳裡繞了一圈，摸著那張深藍色的長型沙發，朝他露出勾魂的笑意，不過那人並不為所動。

「你第一次是躺在這裡，替我解開襯衫扣子，可惜你喝得太醉，我猜你一定不記得。」

韓守恆別過頭忽視他，雖然很想伸手捂住耳朵拒聽，但是理智告訴他絕不能這麼做，否則這傢伙鐵定會對他施以懲罰。

「後來你渾身酒味，氣味實在太糟，只好拎著你進浴室洗澡，雖然你醉得連走路都是問題，洗澡的時候卻很安分，低著頭坐在小板凳上讓我沖水，那樣子真可愛。就是那一幕使我對你產生濃厚的興趣，看得出來你的家教很嚴，意識不清時仍然很守規矩，我可以想像你的朋友說你戀愛經驗是零，想必是因家庭環境的關係。」

——一字不差，全猜對了。

韓守恆默唸在心裡，神情努力的維持淡漠，他的童年在相當高壓的教育政策下度過，他必須維持優秀的成績、完美的表現，為此卻埋下了他成年後想衝動放縱一次的念頭。

「我們在浴室沒有待很久，你一來就嚷著要泡澡，我從未服侍別人，卻耐著性子替你放水，後來你睡著了，我擔憂你會淹死在浴缸裡，只好把你抱回房間，正想找條毛巾幫你擦乾，沒想到你卻先出手了。」寧夏走來他身旁，環著他的腰，盡責的替他導覽。

「你雙腳纏上我，像隻貓一樣舔了我的脣，招呼我快跟你做愛，我從沒料到你是主動的人。」

——別回話，別主動送死。

韓守恆閉著眼，眉心緊得快打成結，偏偏這低沉的嗓音彷彿是惡魔在引誘他般，迫使他腦海描繪根本不記得的畫面。

「韓守恆，當我們第一次做愛，正在感受迷人的快感時，要不要猜猜看那時的你，捧住我的臉說了什麼？」寧夏的脣貼上對方的臉頰，力道極輕，搔弄著青年的心底。

「你說，這是你的第一次、初戀跟性經驗都是初次，要我好好善待你，怎麼會有人能在那種情況下，露出這麼純真的臉、說出如此天真的話？那時候的你，真迷人——使我發狂到想把你操到哭，直至今日我還經常夢見那日的一切。」

「夠了吧？」他對男人的聲音感到刺耳，終於開口。

「喔？原來你聽得見啊？」寧夏諷刺滿點的低笑，伸手搓揉他的耳垂。

韓守恆一聽，立刻閉嘴轉頭逃避，那人卻扣住他的下顎，強迫他重新面對面。

「你還記得這裡嗎？」寧夏帶著殘忍的微笑問道，那語調宛如一把刀，要剖開青年最深處的祕密。

「……如果你是問關於十年前的事，我勉強記得一些。」韓守恆在他強烈的目光下，終於肯面對一部分的事實。神色雖然鎮定，但是襯衫底下的身軀卻微微地顫抖著。

「怕了？」寧夏環住青年的腰低聲問道。

韓守恆不想承認更無法否認，無聲的吁口氣後竟露出投降的苦笑。

「我當然怕，如果不聽話，公司費盡心血談成的企劃就會毀在我手裡，不是嗎？」

寧夏盯著他那抹自嘲的眼神，明顯停頓了幾秒，握住下顎的力道輕柔許多，更在毫無預警時湊上唇給了個吻。

「唔——」

這個吻來得突然，韓守恆瞬間忘了呼吸，不自覺的配合他張嘴反覆深吻，舌尖交纏、又軟又溫潤的觸感，惹得他全身發麻。

「現在與你交換個條件。」寧夏萬般不捨得放開他，宛若傾訴情話，瞧著對方失神的眼神，情不自禁的抹著還沾著水澤的嘴唇。

「什麼條件？」韓守恆抓下他的手，眼角發紅、臉頰紅潤，生理反應表示他對這個吻著迷不已，但是語氣卻刻意冷了幾分，寧夏將之視為逞強。

「在這裡住七天，只要你點頭答應，明天一早代言人合約保證會送至拓帕石。」

「七天——」韓守恆重重地喘了口氣，這條件完全是把枷鎖，誘人，迷人，更是侮辱人。

「你為什麼非得要抓著這件事不放呢？」他壓下怒氣，保持冷靜問道。

「而你為何要逃避？」寧夏眷戀的撫摸他的嘴脣，又軟又嫩、容易令人上癮。

韓守恆稍微皺著眉，眼底夾著困惑問：「我逃避什麼？」

「逃避談戀愛，逃避被愛著的事實。」寧夏悠悠地嘆了口氣，眼底浮現一抹柔和，將頭低下，靠上他肩膀問——

「十年前，那個渴望談戀愛的少年，跑去哪了？」

「你在……胡說什麼啊？我聽不懂。」韓守恆彆扭的低頭，寧夏突然轉為溫柔的語氣，令他感到慌亂。

「沒關係，我會幫你找回來。」寧夏雙手環住他，不斷的親吻他臉龐，曖昧的熱氣和著好聽的嗓音，竟讓青年不由得一陣心動。

「說得真好聽，反正你就只是想拿合約逼我跟你做愛而已，如果你把我看得如此卑賤，我認栽，若是你感到厭煩了，請提早告訴我，好聚好散。」

韓守恆這番話明顯故意想激怒對方，然而男人的反應僅是微笑，微微勾起的嘴角，竟讓他感到一絲寒意。

「我就當作是你被工作沖昏頭才說這種話，因為是你我才願意包容這一切，但是我也有底線的，韓守恆——別把我逼得太緊，否則我會做出什麼事，連自己都無法預測。」

經過口頭約定後，當晚韓守恆就在五二〇公寓住下，這名字是他們十年前胡亂取的，並非正式的建案名稱。

起初，他本以為寧夏會餓虎撲羊般的折磨他一陣子，出乎意料的卻要他先喝湯。

又是那一位他不曾見過面的煮飯阿姨煲的湯，氣味香濃，喝起來卻非常順口，據說湯底加了許多溫補的藥材，不得不承認的是，補湯非常好喝，原本偶爾抽動的胃舒緩了不少。

他緩解而放鬆的表情，全被寧夏盡收眼底；男人不由得稍微皺起眉，他想起昨晚那頓飯上，趙宣提及這傢伙有胃痛的老毛病。

「後天我幫你預約了一位口碑很好的中醫，下班後六點準時接你，他可不隨便幫人把脈，你別拖延。」

「好端端的看什麼醫生？」韓守恆放下湯碗滿臉不解。

「你容易胃痛，聽說前幾天還痛到請假看醫生，好些了嗎？」

「……還好。」韓守恆被他真誠的關心搞得茫然不已，從小在注重個人成就、學業的家庭環境中成長，雖然長輩賦予他優渥的生活，但家教甚嚴、不容許後輩出錯的高壓環境，迫使他必須學會力求完美。

家中長輩只關心他的表現是否優秀，從不在乎他的感受，甚至是健康狀況，因此埋下胃痛的毛病，但他也只是定期拿止痛藥舒緩疼痛，從未被如此關心過健康，寧夏是……第一個。

「老是靠止痛藥哪算還好？」寧夏拿過他擱在腳下的公事包，從裡頭摸出好幾包舒緩胃痛的藥片往桌上丟，沒好氣的訓斥著。

「你別亂碰我的私人物品行嗎？」韓守恆被他過於蠻橫的關心方式惹得渾身發燙，他不曉得這是出自於害羞抑或……心動。

心底湧起的情感太奇怪，他不知該如何解釋，只好轉移話題。

「下次我會先問過你再翻。」寧夏沒好氣的反駁，他太清楚這小子的伎倆。

「總之，後天親自去接你，那位醫生不好預約，幫人看診是看心情的，你別糟蹋了這次的機會。」

「只是一般的胃痛，不需大費周章。」

「是啊！聽說之前還曾痛得請了半天假休息，真是很一般的痛。」

「你……」韓守恆停頓了一會兒，不想去理解男人是從何掌握到情報。

「乖，後天準時去看，那位醫生有聖手之稱，我不希望你忙於工作而操壞身體。」

對方再次放柔語氣，青年頓時有被視為三歲小孩般的錯覺，不願被馴服的天性讓他再次反抗。

「那是我的事。」

「也是我的事，別忘了我先前說過的話。」寧夏伸手捏著他的下巴，這小子老愛唱反調的行為，總能激起他強烈的征服欲望。

「你真的很不聽話，我該想點辦法教你，怎麼愛惜自己才好。」

韓守恆不想去理解何謂「教」，只是眼前男人強大的魄力迫使他不由得渾身一顫。

「看不見特別不同，對不對？」

寧夏的聲音離他很近，就在他的右耳邊，更有意無意的呵著熱氣，拂過他的耳尖。

他的雙眼被自己的領帶蒙住，那是他最愛的款式，深藍色的布料點綴著橫條紋，質料非常好，他自嘲地想著至少質感舒服，被捆住的力道適中。

「做這些對你有什麼好處？我什麼也看不見，什麼也做不了。」他被安置在臥房內，上半身靠著床頭，男人還算有良心，在他背後墊了兩個軟枕。

「你等著，絕對出乎你意料。」寧夏特別喜歡咬他的耳垂，更深知這是韓守恆的敏感處，僅用嘴脣輕輕撫弄，身軀明顯便會緊繃許多。

被蒙住雙眼的韓守恆下意識的閉上眼，頗有投降的意思，他雙手放在身側，靠著身體與聽覺感受男人的一切。

不久前，他的衣服全被褪盡，全身不著寸縷，不曉得是否因為失去視覺，不安與恥辱感正在內心無限擴大。

他的雙腿被男人拉開曲起，被迫擺出羞恥的姿勢，毫無遮蔽的股間襲來一股涼意，他努力的深呼吸，肌膚上泛起疙瘩，那雙粗糙的手掌在腿間摸索。

被動的挪動姿勢後，他才注意到，他雙腿環在男人的腰間，臀部卡在對方的雙腿間，在相當親密的距離下彼此緊貼。

「唔……你……」韓守恆無法克制的低吟一聲，股間感受到對方勃起的性器正在會陰處蹭著，而在這種情況下性器居然悄悄地有了反應。

「都還沒開始，你已迫不及待了嗎？」寧夏握住他的挺翹的性器戲謔笑道。

「那是男人正常的反應。」韓守恆在這一瞬間不由得腰軟，不爭氣的靠在男人的肩上，因此彼此更貼近了，性器不經意的蹭著對方的腹部，加上對方有意無意的用拇指在鈴口處繞圈，他的呼吸聲逐漸粗重。

「還在嘴硬。」寧夏對他的倔強總有各種整治的方法，比如在性器周圍撫弄，有技巧的阻止他射出，他明白這對一個鮮少自慰的男性來說，絕對是莫大的刺激。

與韓守恆重逢後，他托人調查此人的底細，這十年間的戀愛經歷完全是零，全心全意投身在工作裡，瞧他毫無進步且生澀、輕輕逗弄就能挑起情慾的反應來看，肯定過著清心寡欲的生活。

「唔……啊啊——」因為看不見，所以感官全被放大成好幾倍，韓守恆壓抑的呻吟著，不自覺扭腰、隨之起舞，對方卻怎麼也不願放過他，持續的在陰莖頂端搓揉，偶爾還會惡劣的將指甲陷入那極為脆弱的中心點。

他再也把持不住，腿根不停的顫抖，全身更是搖搖欲墜，要不是寧夏扶著他的腰，他早就倒下。

「很舒服？如果因此失禁了——我也不會取笑你。」男人依舊不停的在性器上摸索，粗糙的拇指撫摸的速度不曾慢下，並在他耳邊落下惡劣的言語。

「住手……你快放開……」韓守恆開始慌亂，原本半坐起的姿勢，隨著扭動而往下滑，最終雙腿大開地攤躺在床上。

寧夏那句話起了心理作用，他腹部襲來一股異樣的麻癢，不安的扭動身軀，偏偏對方說什麼也不願放過，仍舊不斷地在鈴口處摩挲。

「住手、住手、住手！」不曾被如此對待的他搖著頭拒絕，雙眼看不見的關係只能胡亂揮動雙手，試圖抓住在他身上使壞的男人。

倏地——折磨他的手消失了，取而代之的是一陣溫暖溼潤的觸感，包圍住昂揚的性器，他馬上意識到寧夏對他做了什麼，不由得往下摸索，指尖陷入男人的髮絲裡試圖將他抓開，但是對方技巧熟稔，時而用舌尖碰觸他敏感的頂端、時而猛力的吸吮，每一下都撼動他最敏感的神經。

「啊……啊……寧……夏……」韓守恆光是想像對方含著他性器的景象，就全身緊繃，快感更不停的流竄。

「快……住手……」他更不安的是失控的快感正在腹部凝聚。

「你快……放開……」

太難堪了，他滿腦子全是拚命壓抑的想法，偏偏生理反應背叛他的理智，鮮少被如此對待的部位，很快的棄械投降，一股白濁從陰莖噴發而出，腦袋頓時一片空白。

「混蛋……你這混蛋……」韓守恆倍感羞恥的低聲罵道，光想到是在對方的嘴裡洩了，他就完全不敢去想那是多糟糕的光景。

「你真得寸進尺啊——好心替你服務，竟然出聲罵人？」

寧夏的聲音就在他身旁，帶著幾聲竊笑朝胸膛抹上一股濃稠的液體，並將手指探進他嘴裡，韓守恆不明就裡的張嘴含住，一觸及那股腥鹹的味道隨即皺起眉。

「唔……很髒……」

他立刻領會過來，那是自己的精液，寧夏卻不打算放過他，抽出手指順著頸部線條往下探，沾著白濁與唾沫的溼濡感在頸子、鎖骨擴散。

「怎麼會呢?很濃呢——你忙得連自慰都沒空嗎?以後我很樂意幫你服務。」

「住嘴!你、你又在做什麼?」韓守恆一口氣還沒緩過來,臀部底下就被墊高,右腳被迫拉開,內側正被粗暴的親吻,那水澤聲清晰得令人羞恥,不只嘴脣的觸感,偶爾還有牙齒啃咬內側的肉,他完全可以想像雙腿間將會留下多少紅痕。

寧夏完全不打算節制,親吻的力道極大,並曲起他的腿、拉得更開,韓守恆只感到小腿處傳來陣陣的麻癢,為了抵抗這怪異的觸感,雙手不禁抓緊兩側的床被,呼吸聲變得粗重。

「韓守恆,你真美。」寧夏停下動作,單手扶著他的右腿根,仔細的欣賞那張因為羞恥與快感交雜的隱忍表情,他上身還沾著不久前洩出的白濁,看在眼裡充滿了禁慾的美感。

「去你媽——」韓守恆不領情,反而惱羞成怒的想踹人,對方早就料到他會來這招,立刻扣住他的膝蓋往一旁推,試圖將他的腿拉得更開。

「看來,你還很有力氣嘛。」寧夏的語氣冷了幾分,在青年的股間來回撥弄,手指有意無意的戳弄著等待他臨幸的後穴。

「唔……你、你想做什麼?」韓守恆下意識縮緊那處,偏偏男人不願放過他,指尖緩緩的探入擴張，痠疼感不停湧上。

他扭著身軀想抵抗，股間卻被抹上了大把的潤滑液，體內燃起的高溫與冰涼的潤滑液衝擊著他，迫使他呼吸也夾著顫抖。

「好、好冰……唔……別用這個……」

「不用的話，你會受傷的。」男人明白他不適應這觸感，很體貼的往他的股間搓揉了幾回，用雙手在他腹部、腰間甚至是全身，給予最溫柔的撫摸。

「不要……不要……」

「乖，忍著點，等一下就會舒服許多。」寧夏又在他的後穴抹上些許潤滑液，持續擴張，手指不斷的在青年敏感的後穴裡抽送，粗糙的手指來回碰觸那嬌嫩的內壁，襲來一陣使人喘不過去的刺激。

韓守恆才剛釋放過一回的性器再次起了反應，他直覺想伸手握住卻被對方壓制在背後，等他回神才發現，雙手被綑綁住。

他任何事也做不了，只能狼狽的趴在床上扭動，加上雙眼依然被蒙住，緊張與不安再次無限擴大。

「你……你……快放開……」

「你有力氣踹人，表示我的努力還不夠，我得反省。」寧夏坐在他身側欣賞著他被縛綁而不斷掙扎的身軀，眷戀的往那不自覺挺高的臀部摸了幾下。

「反省……什麼？你、你又做了什麼……你放了什麼東西進來？」韓守恆繃緊身軀，被迫打開的雙腿間襲來一陣不同以往的侵入感，冰涼、光滑……

他來不及思考那是什麼，塞進體內的異物開始小幅度的震動。

「啊……啊……你竟然……」他的全身難耐的顫抖，眼角滲出了淚水，再也無法克制的不停粗喘、呻吟，短短幾分鐘之內他的意識被那顆異物搞得潰散。

「我看你還有體力踹人，就先用玩具慢慢陪你玩，我去打個電話忙公事。」寧夏重重地掐了他的臀肉一下，便起身離開。

無力抵抗且什麼都看不見的韓守恆，清楚聽見腳步聲遠去以及門被關上的聲音，心底泛起了陣陣怒意，偏偏他的注意力被塞在他後穴不停肆虐的異物拉走，性器完全的挺起，亟欲愛撫那處的意念，因為雙手被捆住而無法如願以償。

時間一分一秒的過去，對他來說太過折磨，眼前閃過白光、意識變得模糊不已，自傲的冷靜與理智全被強烈的情慾侵占。

「寧夏……快來救我……」他張嘴無意識的喊著，嘴角無法控制的落下唾沫，心底強烈希望那人能快點回來。

「唔……寧夏……」他的求救並未獲得任何回應，如浪潮來襲的無助感，竟使他發出了陣陣的啜泣聲，而勃起的性器仍舊亟欲解放。

他無意識的弓起腰磨蹭著床被，試圖獲得一絲緩解。

寧夏返回臥房時，恰好看見這迷人的一幕。

徹底淪陷在慾望中的韓守恆，居然像個孩童一般哭泣，身上泛著紅潮、嘴角滲出銀絲，毫無羞恥的蹭著床鋪，與平日素來高雅、冷靜的形象截然不同，而他的徹底失控，正是寧夏最想見到的結果。

「舒服嗎？」寧夏以來到他身側，大發慈悲的握住青年腿間的性器，緩慢的搓揉，這語氣溫柔得快擰出水。

「快放了我……寧夏……快放了我……」

「想必很舒服，興奮得都哭出來了。」

寧夏並不打算放過他，先是不斷親吻滿是汗水、眼淚的臉頰，手當然也不忘搓揉、甚至是彈弄胯間的性器，正張著大口呼吸的雙脣，更是他攻掠的位置。

「唔——寧……寧夏……」沒能獲得解脫的韓守恆，夾著濃厚的哭腔問道，獲得的回應是更猛烈的親吻。

「乖，再忍耐一會兒。」

韓守恆正困惑著男人這句話的意思就被翻平，仰著頭朝上驚喘著，還在體內張狂肆虐的東西，正折磨著他的意志。

「到底……到底要我……忍耐什麼……」他哭得嗓子都啞了，心頭大感不滿，到底要將他的自尊摧毀到何種程度呢？

「你這裡，還沒釋放呢——」寧夏勾著笑扳起他的腿架在肩上，一手握住他直挺的性器迅速的上下套弄。

「啊啊——」突然被猛烈攻擊的青年，弓起腰發出難耐的呻吟，他再也無法壓抑，前後皆遭逢深刻的刺激，使他一度翻著白眼，張嘴大口呼吸，直到再次射出一股稀薄的白濁。

寧夏悄悄拉開蒙住他雙眼的領帶，盯著那張沉倫在情慾中的臉龐，勾起滿意的淺笑，扶起他並吻了吻因哭泣而發紅的眼角，嘗到了略鹹的淚水。

「這一切，只有我才能獨占呢——」

「寧……寧夏……」好不容易重獲光明的韓守恆，露出脆弱又無助的眼神呼喚男人的名字，聽在對方耳裡竟像是摻了蜂蜜般的甜。

「嗯？」

「放了我……」

「這是拜託人的方式嗎？我希望可以聽到更誠懇點的臺詞。」

寧夏停止抽送，手掌往下改以扯動埋在他體內的跳蛋向外延伸的電線，這一下彷彿挑起他最敏感的神經，瞬間再次達到高潮。

韓守恆約莫有五秒，只聽得見心臟跳動聲、狂亂的呼吸聲，使他不得不回神的是仍然留在他體內不停震動的東西。

「寧夏……求求你……替我解開手……」

「乖，就等你這句話。」寧夏總算聽到想要的答案，隨即替他解開綁住手腕的領帶。

韓守恆一獲得自由，便全身乏力的往床鋪躺，寧夏完全不給他喘息的空間，立刻拉開他的腿，倏地扯出塞在他後穴的東西，在那處隨意的抹了幾下潤滑液，便扶著性器直搗而進。

「啊……啊……寧、寧……夏……」韓守恆再次顫抖了一下，雖說剛才經過充分的擴張，但是對方的性器尺寸不小，他仍舊有些許痲疼。

「該輪到我了。」寧夏一感受到他體內的溫暖便發出舒服的喟嘆，看著身下人皺眉的神情，他還很貼心的等著對方適應後，才開始規律的抽送。

「寧……寧夏……」韓守恆不自覺的迎合他，忘了先前的倔強，反而想起多年前與男人那七天的瘋狂。

若要說男人全是在折磨他，也太過分，因為每一個愛撫都帶著難以察覺的柔情。

他的軀體從未受到強烈的傷害，反而能感受到更深層的情慾，偶爾對方還會在他耳邊呢喃幾句羞人的情話，只要哭泣、承受不住時，寧夏總能適時的引導、轉移他的注意力，令他沉醉更舒爽的天堂裡。

十年前是如此，十年後的今天，更是變本加厲。

被侵入體內所帶來的疼痛逐漸消退，在甬道裡肆虐的性器，總能清楚掌握他的敏感點，每一下都誘發他難耐的顫慄，他漸漸迷上對方給予的快感，不停的浮出希望男人緊緊抱住他的念頭，只因為寧夏還給了他非常強烈的安心感。

「那裡……那裡……別停……」韓守恆抓著他的手臂迷戀的喊道，不斷往腹部凝聚的熱度，使他難以承受，又慣性的抿嘴忍耐。

從不放過他絲毫變化的寧夏，隨即湊上嘴唇親吻，防止他咬傷。

「別忍，喜歡就叫出來，讓我聽聽你的聲音。」

韓守恆聽著他蠱惑的嗓音，乖順的鬆開嘴，全身交織著薄汗，被操弄得意識失神，雙眼迷離的盯著他瞧，映入寧夏的眼裡，純潔又生澀，永遠像個等著安撫的孩子。

「我曉得你喜歡這個姿勢，叫出聲並不丟臉。」寧夏不停的引誘他，趁勢小幅度的擺動腰部，更在青年體內研磨、繞圈，甚至是碾壓，隨著不斷提升的溫度，韓守恆仰起脖子張嘴難耐的呼吸。

「啊啊……夏生……」他慌亂的抓住寧夏的手，無助的猛喊對方的本名，因為男人刻意放慢抽送的速度，使他感到不滿足，他想要更強烈的頂入，最好能碾壓不斷襲來的難耐麻癢。

「啊……再快點……」

寧夏並未順從他的要求，反而持續緩慢的抽送，韓守恆開始臣服於他的技巧下，像孩子討糖吃一般，發出黏膩動人的呻吟與央求。

這可是青年難得一見的一面，男人更確信只有自己能見著，所以他故意放慢速度，為的是將這一切盡收眼底珍藏。

「韓守恆，我最愛看到你露出陶醉的臉了——這對我來說，可是莫大的鼓勵。」

「唔……快……別磨蹭……求你快一點……」韓守恆根本沒聽清他說了什麼，只曉得現在不是閒話家常的時候，他要的是更強烈的感官刺激。

「我真怕傷了你——」寧夏因為他的主動迎合，被動的加快抽送的速度，那雙漂亮的腿充滿暗示的在腰側磨蹭，想要將他的性器吞得更深，寧夏的眼神一黯，原始的本能逐漸取代理智。

「不會……你快點……夏生……求求你……」韓守恆不停的扭著腰，握住再次勃起的部位，寧夏不禁看得入神。

韓守恆一旦徹底陷入性愛的泥沼裡，就會變得相當主動，渾然忘我的呻吟、張著那張被吻得紅腫的雙脣懇求。

他永遠看不膩，甚至更加愛不釋手。

「啊……快點……求你……」寧夏迷戀的撫摸著他汗溼的臉，並失控的加快抽送的速度，回應他索吻的請求。

「舒服嗎？」寧夏靠在他耳邊低問，就算對方不回應，也能從這聲聲不斷溢出的呻吟得知他有多享受。

「嗯……舒服……我喜歡……」韓守恆失神的低喃，甚至撒嬌似的在他頸窩蹭了幾下。

「妖精……」此舉，徹底抹去寧夏把持住的理智，起初原本想在青年體外解決，因為他的主動，後穴無意識的絞緊性器，寧夏瞬間失去克制力，直接在青年體內射出。

「啊啊……夏生……」韓守恆清楚的感受到體內有股熱流竄過，不禁喊了對方的名字，不久之後他因精疲力竭而失去意識。

昏厥之前他只記得被抱個滿懷，男人的粗喘聲迴盪在他耳邊。

寧夏捨不得放開他，抽出性器後，將渾身是汗，雙眼迷離的人緊擁在懷裡，青年飆高的體溫、性事後環抱住他腰不自覺透露出的親暱，與十年前抱著他不放的少年如出一轍。

寧夏盯著他入神，深深地喟嘆了一聲，在他的額際上落下輕柔的吻。

「韓守恆，如果我再放你離開，我就是傻子——」

寧夏是被一陣不停歇的鬧鈴吵醒的。

本來，他舒服的躺在大床上，擁著熟睡的青年溫存，卻被遠處惱人的聲音搞得相當煩躁。

韓守恆無動於衷，枕在他身旁熟睡，嘴巴微張毫無防備，沒了平日的氣勢，睡相意外的充滿稚氣。

「吵死人了……」寧夏無奈的下床，循著鈴響，從一堆散亂的衣物中找出元凶。

那是韓守恆的手機，閃爍不停的螢幕上，大大的標示著清晨六點三十分。

「這傢伙這麼早起做什麼？」寧夏覺得吵，直接滑開手機螢幕解除鈴響提示，將手機擱上一旁的茶几，邊打哈欠邊窩回床鋪，將熟睡的青年重新納入懷中。

「唔……」韓守恆睡得很沉，身旁的人動靜很大居然渾然未覺。

「累壞了呢——」寧夏偷偷地親吻他的額角，撫摸那發紅的眼角。

青年身上還帶著清理過的沐浴乳香味，混著成年男性的氣息，對他來說比任何香水都要來得誘人。

鬧鈴再次響起，換成另一首急促且聲勢壯大的曲子，努力喚醒手機主人，韓守恆仍然沒有反應，甚至窩進男人的胸口拒絕起床。

寧夏再次走下床抓過手機，看著上頭顯示六點四十分的鬧鐘提醒，好奇的滑開手機檢查裡頭的鬧鈴設定，一見到每隔十分鐘就被設定一次鬧鐘的畫面，一直到七點十分為止，他不禁嘴角失守。

「原來這傢伙會賴床啊？」寧夏相當訝異這項事實，先前幾回韓守恆總是絕不拖延、立刻起床的神態，與手機裡的真相截然不同，他盯著手機上的設定眼神變得溫柔許多。

沒有防備的韓守恆比他預想得還要可愛，偏偏他無法輕易窺看，真想挖掘出更多屬於那人的真實一面。

就在寧夏陷入沉思時，六點五十分的鬧鈴再次響起，他別無辦法，抓著手機重回床上，擱在韓守恆耳邊。

「唔……」這次，青年總算有了動靜，他緩慢地循著聲音摸索，好不容易抓到手機，眼睛完全沒睜開，流暢地滑開螢幕解除提醒之後，便將手機扔到一旁重溫被子的美好。

「韓守恆，六點五十分了——你還不打算起床嗎？」

這醇厚低沉的嗓音驀地竄入青年的耳裡，他宛如觸電一般猛然睜眼，恰好對上寧夏那張好看卻又帶點可惡的笑臉。

「啊……六點五十——」韓守恆連忙坐起身，頭還有些暈，意識更是模糊，他四處張望找尋衣物。

迷糊放空的神情，亂翹的頭髮，配上一身昨晚殘留的吻痕，頸子、背部，甚至是腰部、腹部、胸膛，全都有寧夏留下的痕跡。

一早就能看到如此賞心悅目的畫面，寧夏心情大好，更忍不住伸手在他的肚臍眼繞圈，撫摸那些瘀痕。

「你夠了吧？」韓守恆嫌惡地拍掉他的手，噘嘴一瞪，要他收斂些。

「永遠都不夠呢！」

「你平常會賴床嗎？賴到七點十分，才起床準備上班？」寧夏拿著他的手機晃啊晃，揶揄問道。

「與、與你無關。」韓守恆彆扭的搶過手機，臉頰頓時通紅不已。

「你不多睡一下？可以晚點出門。」寧夏側身欣賞他剛起床的恍惚神情，瞧他努力地集中精神，眼皮卻沉重得無法張開，這真是最可愛美好的景象了。

「這種事哪能由你決定？」韓守恆沒好氣的瞪了他一眼，約莫過了兩分鐘，精神好許多之後，他拿起手機撥出一組電話號碼。

「你好，我要叫車，這裡是瓦清——」韓守恆話還沒說完，手機隨即被搶走，他不明就裡想質問，卻被寧夏那雙慍怒的眼神震住。

「你當我裝飾品？」

「什麼意思？這裡我不熟，要去上班當然得叫計程車。」青年皺著眉，無法理解生氣的點在哪裡。

「我有車，就停在一樓車庫。」

「所以……」

「你可以拜託我送你去上班。」寧夏嘆了口氣，他沒想到這人居然如此死腦筋。

「你？我才不要……太引人注目了。」韓守恆完全不懂風情，毫不考慮的拒絕，使得寧夏眼底都快冒火了。

「快說拜託我送你上班，否則我今天絕對讓你下不了床。」

「你不能用工作威脅我！」

「開口拜託一下不難，在我面前叫計程車，是打算氣死我嗎？」寧夏摸著他的臉低語，這傢伙擁有絕佳激怒他的才能。

「這有什麼好生氣的……我只是不想麻煩你。」當然，他更不希望欠這人太多人情，萬一還不完，到頭來是自己吃苦頭。

「這不麻煩。」寧夏將他的手機藏於身後，擺明了拒絕溝通。

韓守恆盯著他好一會兒，心想再對峙下去上班會遲到，早上十點有個重要的會議要開，絕不能遲到。

「那……拜託你送我到公司前一個路口，就放我下車。」他聲如蚊蚋的說道。

「你再說一次，我聽不見。」寧夏伸手抵著耳朵做出想聽清的手勢，那張滿意的笑臉看在青年眼裡，簡直可惡。

「我說──拜託你，送我去上班！」韓守恆紅著臉喊道，他從不曉得原來開口有求於這男人這麼羞恥。

「當然沒問題。」男人露出得逞的笑意，並捧著他的臉頰親吻。

「一大早，別太過分……」韓守恆推開他，喘著氣喊道。

「以後記得，需要我幫忙時一定要開口，我很樂意，千萬別拒絕。」

寧夏帶著笑容說道，韓守恆不笨，他清楚的聽出這番話裡飽含著濃烈的威脅。

第六章

出賣肉體與靈魂的戀愛

今天的拓帕石內部呈現著歡愉且興奮的氣氛。

一早，來自瑪格麗特的專用信封就送抵公司，他們拆開，見到裡頭裝的正是年度代言人的合約，上頭有著寧夏的簽名、公司鋼印與個人印章。

這意味著寧夏正式答應擔任公司的年度代言人，籌備已久的宣傳與企劃，總算能開始推動了！

這份合約不久前由韓守恆送給高層審核，不到一個小時，高層立刻蓋章完成簽約，負責執行宣傳的部門隨即動了起來。

看著所有人處於歡欣鼓舞狀態的韓守恆，偷偷地吁了口氣，他將疲憊掩飾得很好，但是昨晚的種種殘存的肌肉痠疼不停的從他腰部、腿部，甚至是手臂襲來。

寧夏說到做到，但是他卻一點也不開心，反而湧起一絲屈辱感。

這份合約裡摻雜私人因素，他只要想到寧夏是因為與他上床才答應簽約，心裡就充滿不快，他希望的是專業受到肯定。

「那傢伙真是欺人太甚……」韓守恆只要一閉眼，腦中就會浮出男人那張得逞的惡意笑臉。

「呃……總監你身體不舒服嗎？」趙宣恰好送來另一份文件等著簽署，卻瞧見他低頭苦思，既尷尬又擔心的詢問。

「不，我沒事。」不願在外人前示弱的韓守恆馬上挺直腰桿，保持往常的淡漠神情。

「喔……總監，這裡有一份文件要你簽名。」趙宣雖然滿肚子疑問，既然對方說沒事，他也不好意思追問。

「好，拿來。」韓守恆接過文件仔細看過內容後，立刻在文件末尾簽上名字。

「總監，剛才老總說晚上七點要開慶功宴，地點就選在上回吃春酒的飯店，所有人都得到，尤其是你。」

「我明白了，你們這陣子也辛苦了，晚上玩得開心點。」

「總監也別太累，我先去忙了。」

原本疲憊不堪的韓守恆，因為貼心的下屬而獲得些許的慰藉，至少現在能專心於他最熱愛的工作，至於那個仗勢欺人的寧夏，就暫時拋至腦後——

他才這麼想，手機就跳出一則訊息。

「晚上幾點下班，我請司機接你回家。」

那則消息來得真不是時候，青年心情再次被挑起波瀾。

「今天公司開慶功宴，我會想辦法回去。」

「呵，你可記得是回哪個家？慶功宴結束回個消息，司機隨時都能去接你。」

「我會回去。」韓守恆看著那充滿輕蔑語氣的文字，怒火全湧上心頭。

「回你住的公寓嗎？可別忘了，我們的約定，如果你忘了……後果自行負責。」

「我不會忘！我正在忙，別打擾我。」

夜裡，位於市中心的某家西式餐館正在舉行一場歡騰的慶功宴。

折騰公司近半年的年度代言人一事，總算在今天正式取得完美的結果，期間受到種種磨練的各部門，在今晚，徹底的放下心中的不安完全喝開了，幾個感性的員工憶及先前的艱辛，居然抱頭痛哭，不過大部分的員工都是非常開心的，其中也包括負責專案的韓守恆。

平時在辦公室裡，因為他的淡漠與強勢，與下屬們總有那麼點距離，但今晚是特殊情況，他也難得展露微笑與眾人敬酒，加上餐館提供的餐食不錯，好幾道菜都是絕佳的下酒菜，因此他灌了不少酒，慶功宴約在十點結束，下屬們見他浮現醉意，便好心的替他叫了計程車。

「我沒問題的，你們放心。」韓守恆的步伐虛浮，但是口條清晰，下屬們認為他還算清醒，就放心放他一個人回去。

「總監，你一個人要注意安全喔！明天見。」

「明天見。」

他與眾人道別後，隨即鑽進車內，靠著舒服的椅背，意識比先前更朦朧些。

「先生，請問要去哪？」前座的司機微笑問道。

「我要去……」韓守恆遲疑一會兒，腦袋浮現出好幾條路名，他怎麼也想不起住家的地址，腦中卻迴盪著寧夏充滿威脅的聲音。喝醉產生的幻覺真是恐怖。

「目的地是哪裡呢？」

「……瓦清路二五〇號。」他擰眉擠出答案，但是意識過於模糊，沒察覺說了什麼，聽見司機禮貌的應允，配上車內流瀉著的舒服輕音樂，他放心的閉眼休息。

「先生到了，一共是四百五十塊。」

韓守恆被司機的聲音重新拉回意識，緩慢的從皮夾裡抽出幾張百元鈔遞給對方，搖搖晃晃的下車，計程車隨即離去，留他一人吹著冷風。

酒醉的關係使得他有短暫的暈眩，好不容易集中精神後，他抬頭一看，不禁皺起眉。

「這裡——是哪裡？」

眼前的公寓與他昨晚住的樣式截然不同，四周的風景更是陌生，他再細看公寓的門牌號碼，清楚寫著二五〇號，發現他根本報錯路。

「糟了……」韓守恆四處看著，附近只有幾戶公寓，且毫無光源，感覺完全沒住人，路上更沒有任何行車經過，靜得令人心慌。

這一帶他完全不熟，況且天色太暗，無法判斷真正的五二〇公寓到底離這裡多遠，就在當下，收在外套口袋裡的手機突然響起。

「你現在人到底在哪？」電話那頭傳來寧夏帶著焦急的質問聲。

「我……我不曉得。」韓守恆聽見男人的聲音，竟莫名感到安心。

「什麼叫做不曉得？我不是交代你慶功宴結束後要聯絡司機？」

「……下屬幫我叫計程車了。」韓守恆很鬱悶，為何得像個做錯事的小孩挨罵呢？

「既然有計程車接送，你能跑去哪？」

「唔──我報錯地址，這裡……很陌生。」韓守恆彆扭的坦白真相，臉頰因此發燙著。

「你報成哪裡了？」寧夏明顯困惑，語氣突地變得溫和。

「……瓦清路二五〇號。」

「留在原地別動，我去接你。」寧夏鬆了口氣，不久前遲遲無法取得聯絡而煩躁的心情全都煙消雲散。

韓守恆盯著早已被掛斷的手機許久，深夜時分獨自處在人煙稀少的地方，就算是身為成年男性的他，不免也感到些微恐懼。

十分鐘後，遠處總算出現猶如浮木般的車頭燈，在深夜裡，一輛過分招搖的跑車正朝他緩緩靠近。

青年認得這輛某品牌的頂級車款，還是非常醒目的紅色，前日被接送上班，由於太過引人注意，央求寧夏在離公司還有三個路口前放他下車，當時無法享受這輛車的舒適，此刻卻發現它極為順眼。

那輛車在韓守恆面前停下，規律且好聽的引擎聲在深夜裡特別清晰。

「快上車。」寧夏替他開了車門，急忙催促道。

韓守恆站在原處神情恍惚，男人側身手握方向盤的身影，竟令他心動不已。

「發什麼呆？很晚了，別在外頭吹風。」寧夏見他臉頰酡紅，判斷肯定喝了不少酒。

「謝了。」青年雖然很彆扭，但是這人立刻趕來接他，確實博得他的好感。

「客氣什麼？蓋好，別受涼。」男人見他安分坐好，立刻將大衣覆蓋在他身上，雖然已接近春天，但是位處半山腰的關係比平地還冷，這傢伙居然只靠著一件西裝外套禦寒。

「謝謝你。」韓守恆抓著那件殘留男人體溫的大衣，不怎麼自然的出聲道謝，心跳卻不知怎麼的比剛才還要快些，他想可能是酒精的關係。寧夏偏頭看他無意識的抱緊那件大衣，湊上鼻子輕輕嗅一口，露出放心的表情。

「這種平常日子，公司怎麼會想請員工吃飯？」寧夏踩下油門流暢的迴轉前行，規律的引擎聲成了兩人間最佳的配樂。

「因為你的代言合約正式審核過關，全公司上下開心得像在過年，董事們心情好，撥了臨時獎金宴請大家。」韓守恆靠著椅背視線模糊地低喃，醉意與車子行進的規律起伏，使得他睏意連連。

「是嗎？就算高興也不能喝太多，萬一又胃痛怎麼辦？明天一定要帶你去找那位中醫師把脈。」寧夏對於他老是不注重自身健康的問題感到不悅，非得要替他操點心才行。

「下屬們一個個不停來敬酒，我怎麼好意思推拒？他們還不停的誇讚是我的功勞呢——去他媽的功勞。」韓守恆一想起這份合約是如何簽署成功，不禁露出屈辱的恨意。

「當然是你的功勞。」

「要是讓下屬們發現我跟你的關係，他們還會認為是我的專業才能成功嗎？」韓守恆很清楚這份合約得來不易，但是一想到前幾日受到的對待，這功勞他就一點也不想要。

「你又認為我們是什麼關係？」寧夏的語氣冷了幾分，看來韓守恆依然不懂他的心思。

「不就是砲友嗎？」韓守恆向著他露出惡質的笑意，藉著酒精壯膽想激怒對方，沒料到寧夏不為所動。

「是嗎？別忘了十年前，你可是熱情的抱著我，指定我當你的初戀，韓守恆，你可不能射後不理啊！」寧夏察覺這傢伙想惹怒他，馬上用無辜的口吻回應，反而讓韓守恆氣得咬牙切齒。

「可惡、你混蛋！別老用十年前的事壓我！」青年的臉更紅了，不願意提起的回憶，卻被男人一而再的挑起，他還無力回擊。

「我是要你對我負責。」寧夏摸著他的下顎，並在他脣上烙下一吻，韓守恆推開他後才注意對方將車子停在一處樹林內。

「你想做什麼？」韓守恆一手遮住嘴，充滿防備地問道。

「我們談談。」

「能談什麼？」韓守恆望著車外，前方是懸崖，從這個角度還能見到遠方的燈火，瓦清路原來位處如此偏遠的地方，一想到此他直覺寧夏果然不安好心。

「談談你不會談戀愛的問題，我真想撬開你的腦袋檢查，除了工作以外你還懂不懂得愛？」寧夏強制他面對面，帶著性感且溫柔的嗓音說道。

韓守恆有那麼幾秒，沉醉在男人那雙過分深情的眼神裡，他的心跳突然加快，臉頰更莫名發燙。

他不明白怎麼會有這種反應，只曉得下意識的排拒一切。

「你憑什麼說我不會談戀愛？」韓守恆被他激起不服輸的本性，更因為酒醉情緒波動比平日更大，慣性的噘嘴模樣特別孩子氣。

「你不會談戀愛，但是你拒絕別人的經驗倒是很豐富。」寧夏勾著他的下顎勾起神祕微笑。

「你在胡說什麼？」韓守恆怕極了那副能看透一切的眼神，帶有無比溫柔的成分。

「你在英國期間拒絕過不少人的追求，有男、有女，回臺灣後依然誰也不理，可以告訴我這是為什麼嗎？」

「……你調查我的私事？」

「這種事，只要從你身邊的人打聽一下就可以知道，你老是拒絕，是因為你不會談戀愛。」

「不是。」

「身為韓家的老么，前面幾個哥哥太過優秀，相較之下你顯得黯淡無光，為此拚命的讀書，變成不懂得處理人際關係的笨蛋，是嗎？」

「你連這種事都打聽到了？」韓守恆往後退幾分，提及家庭背景，他只想迴避。並非與家人的關係不好，而是個性使然，在諸位成績亮眼的兄長面前，他只是個高學歷的上班族罷了。

「近年，瑪格麗特的相關企業，與韓家最引以為傲的知名品牌『品鯨珠寶』有合作關係，要掌握你的過去並不難。」寧夏曖昧地撫摸他的嘴唇，軟又溫熱的觸感，讓人不由得回味起先前的每一次接吻。

「你調查這些做什麼？」韓守恆鬱悶地反問。

「你努力學習珠寶設計，想在家族裡占有一席之地，可惜家族的長輩們認為你的二哥、三哥更有能力執掌品鯨，幾年前分配繼承項目時，你什麼都沒拿到，只分得一部分資產，為此你很挫敗，並離開品鯨，沒錯吧？」

「我只是想出來磨練一下而已——」

「嘴硬，否則你怎麼會連續三年都不曾回家？聽說韓媽媽很想你，小兒子與能力最好的哥哥們賭氣，真是兩難。」

「我才沒有跟我哥賭氣！你別造謠。」韓守恆紅著臉反駁，卻因為被說中心事而不自覺眼神飄忽。

「聽說你二哥一直在等你，並在品鯨預留一個位子給你，可惜你拉不下臉，韓家二公子等得頭髮都白了好幾根，不過一聽說你在拓帕石任職，他便爽快的偷偷投資部分金援，只因為對你有所愧疚。」

「二哥投資拓帕石？是真的？你從哪聽來的？」

「韓家二少爺與我哥近年閒暇時會一起打籃球，他偶爾會提起你的事，常說對你太嚴厲，導致你與家族疏遠。」寧夏露出憐憫的眼神，雖然韓守恆不至於爹不疼娘不愛，但是從小身處嚴格家族，學業即代表一切，只准進步不容退步，然而努力多年卻不被家族肯定，他能理解難怪這傢伙會想逃家。

「二哥居然隨便向外人提我的事！」

「我不清楚你以前是過的是怎樣的日子，但我完全可以想像那是多痛苦的童年，難怪你渴望談戀愛卻又不敢談戀愛，真可憐……」

「再說一次，我一點也不可憐──」韓守恆反駁的話還沒說完，立刻被一個強而有力的吻與擁抱掠奪。

「韓守恆，試試看。」寧夏緩緩地放開他，並抵著他的額際深情的哀求。

「試試看什麼？」他激烈的喘息著，剛才的吻過於粗暴，他的嘴脣甚至感到疼痛。

「與我交往。」

韓守恆呆滯地望著他幾秒後，掙扎了幾下，逃命一樣的立刻開車門躲避。

「真是個不坦白的傢伙。」寧夏悄悄地嘆了口氣，只好跟著下車。

韓守恆背對著他，雙手環胸、低頭狀似顫抖，身上還裹著寧夏那件大衣，在身後的男人一時無法判斷他的情緒。

「這種丟臉的家事，居然讓你查出來。」

「哪裡丟臉？家家都有本難念的經，逃離那個家獨立生活，真的是你的作風，但──逃久了，是不是也把自己孤立了？」

「我沒有！我一個人過得很好，有工作、有收入，完全不需要家裡的幫忙，這不是很好嗎？」韓守恆露出被戳到痛處的神情，他少見的激動喊道，寧夏卻露出充滿興趣的笑容。

「你在笑什麼？」青年對他的笑容感到光火，想一拳招呼過去，但是理智告訴他絕對打不贏男人只好忍耐。

「你剛才說的全是反話，愛逞強的笨蛋。」

「我沒逞強！你笑容真討人厭，越看越不順眼！」韓守恆忍不住動手揉捏對方的臉，想將那張可惡的笑臉扯下。

「真可愛。」寧夏握住那雙手腕收進掌心，語氣更比先前輕柔許多。

「不准說我可愛——」

「韓守恆，你這就是逞強。」寧夏無懼他的攻擊，畢竟制伏這隻高傲的小貓，他有的是辦法，例如給他一個強而有力的擁抱並順著貓的曲線摸。

韓守恆僵著身子不再反抗，男人順著他背部撫摸的力道相當溫柔，厚實的手掌與溫度正緩慢地傳進他微冷的軀體裡，清楚的感受到對方規律的心跳聲。

「如果你不想回那個家，總要學會照顧自己，而不是把人生搞得只剩下工作，連健康都賠上，值得嗎？」

韓守恆沒有反駁、安靜的聽著，溫順的反應讓寧夏抱緊他。

「試試看，有個人陪在你身旁，這人更是你的初戀呢。」

「別老是把當時酒醉的話掛在嘴邊！丟臉死了——」韓守恆依然反射性地反擊，卻任由他擁抱。

寧夏沒錯過這細微變化，擁抱的力道加重幾分，他曉得這人心底的某個部分正在妥協。

「韓守恆，讓我當你的後盾。」寧夏的眼十分誠懇，這並不是多深情且華麗的告白，他卻渾身一震。

「真是爛透頂的告白，這是曾經拿過最佳男主角獎的你，該有的表現？」韓守恆無法抗拒落在他額際的親吻，他不想承認自己越來越著迷男人的體溫。

「這不是演戲，所以才特別蹩腳，如果韓總監願意給我機會的話，我會多練幾次——」

「這種事有什麼好練習的？」

「比如——我愛你。」

「唔……」韓守恆難耐的發顫，男人這聲低喃夾帶著強大的殺傷力，毫不遮掩的告白竟令他耳根發紅，慌張的喘了好幾口氣。

「你感受到我的愛意了呢——」

「胡說！」

「喔？那麼，你腿間的反應又該怎麼解釋呢？」寧夏伸手抓住他的胯間，掌心傳來清晰的熱度，部位也明顯突起。

「你的身體永遠比你的腦袋還要誠實，這點一直都沒變。」

「寧夏生，這裡不是發情的地點！」韓守恆很慌張，他被壓在車門旁，長褲與內褲已被扯下、鞋襪全被剝除，被刺激得昂揚的男根顯露出來、飽受寒風吹拂，因為冷使得他光裸的下半身泛起一陣疙瘩，雖然還穿著襯衫，但是扣子被解開，單薄的上身若隱若現。

「韓守喵，發情的人是你。」寧夏敷衍的拂過他亟需要受人愛撫的性器，一手抬起他的右小腿，順著那優美的線條，輕柔盈握光裸的腳踝，並在他的腳尖上虔誠的親吻。

「唔——別、別在這種地方……」韓守恆慌得伸手掩住臉，身處野外，下身卻什麼都沒穿的羞恥感讓他不敢面對，最可惡的是，始作俑者上的衣裝還完好如初。

「乖，結束後就帶你回家，我怕你等不及了。」寧夏的好意在對方眼裡只能稱作惡意。

青年收起腳想踹他幾下，但是那握住腳踝的力道不小，只能靠著車身站立的人反擊的速度有限。

「我、我沒有等不及……我們可以回公寓再進行——」韓守恆的呼吸急促，腰間更因為被撩起的性慾而隨之扭動。

「有，你完全等不及了。」寧夏親吻他的腳趾頭，缺乏日晒又骨感的腳踝令他感到怦然心動。

沒有多餘的贅肉、相當細直，女性看了也會嫉妒，天生體質關係幾乎沒有體毛，每回做愛他總喜歡在這雙腿上多停留久一些，當他發現韓守恆的大腿內側極其敏感時，就更變本加厲了。

「夏生……能不能……別……咬了……」韓守恆顫抖著懇求道，因為身處野外感到緊張

不已，深怕有人路過。

寧夏置若罔聞，這次改以握著右大腿，並在內側留下諸多清晰吻痕。

「夏生……寧……夏生……求你……」韓守恆陷入極端不安的情緒，總習慣喊出男人的本名，這是寧夏無意間發現的小祕密，彷彿喊著就能增加安心感，他很喜歡聽，在性事上他總將這人逼到這般程度。

「再等等，好嗎？」寧夏輕聲哄道依然沒有罷手的意思。

「為什麼——要等……」韓守恆吸著鼻子，臉頰上全是淚水，他無法判斷是過於恐慌抑或興奮的關係，但是一低頭就會看見雙腿間直挺、蓄勢待發的性器。

「沒幫你解決，我可過意不去。」寧夏仰頭朝他露出笑容，下一秒卻惡劣的在他的陰莖前端，用宛如搔癢的力道親吻。

「唔——唔……」這一下對韓守恆來說就像電擊一般，他再次仰起頭困難的呼吸著，全身因為過於亢奮，性器流出些許透明液體，腰腹微微地顫抖。

第七章　戀愛共犯

寧夏所謂的解決，對韓守恆來說根本是折磨，他的身體已習慣男人各種撩撥手法，總能輕易的被挑起藏在深處的慾望。

只因為對方靠在耳邊呢喃，陰莖居然直接勃起！

他很想歸罪於喝了酒的關係，但事實是那低沉且性感的嗓音，引起他的注意。

現在他更強烈的希望寧夏能幫他套弄一下亟欲抒發的部位。

「寧夏……幫幫我……」韓守恆不知不覺被迫趴在雜草叢生之處，雙腿沾著泥濘卻無暇顧及，全部的注意力都放在被忽略的胯間。

「幫你什麼？」寧夏含著笑，手裡拿著平時擺在車內的備用的保溼凝膠往他的股間抹，這是他臨時找到能替代的東西，好避免韓守恆受傷，起初只想接這個迷路的小羊回家，一切會發展至此，全在他意料之外。

「幫我……」韓守恆迷亂得無法表達清楚，只好伸手探至背後，抓著比他粗壯些的手腕往身前探，沿著腹部往下，在硬挺的性器上停留。

「這裡？」寧夏並未依他所求出手套弄，只敷衍地在周圍隨意撫摸搓揉。

「唔……你不能……只是摸而已……」韓守恆對他作法感到不滿，但是男人的指尖在最敏感的部位上游移，他閉著眼就能描繪出手指的輪廓，他很清楚對方喜歡將指甲修剪乾淨，因此從未傷害過他一絲一毫。

男人總是用那粗糙的指腹揉捏他的乳尖、肚臍，以及陰莖鈴口處，但是今天卻不是如此，故意繞過他期望且最能感受感官刺激的部位，只是在他的會陰、後穴停留，甚至連基本的擴張手法也相當緩慢。

「何不自己來？我沒有綁你的手。」寧夏握著他的腿，以折磨人的速度撫摸，輕聲提醒。

「你……很壞心……」韓守恆回頭瞪他一眼，雙眼全被濃烈的情慾占領，偶爾涼風吹過，才能保持些許清醒，提醒自己還在郊外進行這羞恥的性交。

「今天我特別想看你親自動手。」寧夏抱起他改坐在自己腿上，青年的股間沾滿潤滑用的液體，隨著急促的呼吸從穴口溢出些許透明，弄溼褲子，然而他並不怎麼在意。

「你……的興趣……真惡劣……」渾身泛著通紅色的韓守恆攀著他的肩，孩子氣的噘起嘴抱怨，腰身卻不禁輕蹭著他的襯衫，硬挺的那處靠著布料的紋路緩解無法擺脫的焦躁感，可惜效果有限。

「你剛才……不是……說要……要……幫我解決嗎？」他不停的擺動腰身，用身體暗示男人快動手。

「因為我改變主意了。」寧夏發出惡作劇般的笑聲擁緊對方，可以感受到那根燙人的部位，在他的腹部上磨蹭。

「你……你……」韓守恆在他腿上聳了一下，咬牙溢出難耐的呻吟，眼見眼前的人打定主意不出手幫忙，只好放開攀在對方肩上的手往下探，握住胯間的性器。

寧夏將他推得稍遠些，瞇起眼將一切盡收眼底。

「好笨的手法，你到底有沒有自慰的經驗啊？」他像個評論家，盯著韓守恆緩慢、生澀的手勢，撇撇嘴不甚滿意。

「這你……管不著……」韓守恆埋怨的低語，臉頰上的紅暈又更紅了，諸多的羞恥因素居然使得他更亢奮。

「啊啊……」他才套幾下，就難耐的被引起強烈的快感，腹間凝聚翻騰的熱流，當他張嘴發出一陣無聲的喘息後，積壓好久的精液全宣洩出來，沾染他仍握著性器的右手。

「比我預期的還快，明明不久前才幫你服務過，不是嗎？」寧夏往前親吻他的嘴唇，帶著幾分戲謔的語氣問道。

「……少說……這些亂七……八糟的話……既然結束……我們快回去……」韓守恆鬆開手抿著嘴說道，經過剛才的一切已不在乎羞恥的問題，他全身黏膩，只想洗個澡。

「還不行。」寧夏殘忍的拒絕他的請求，在他剛洩出仍舊硬挺的部位彈了幾下。

「操——你這傢伙……怎麼可以……騙我……」因為男人的行為襲來尖銳的疼痛，使他仰著頭，發出隱忍的輕吟。

「總得照顧我一下，只有你爽可不公平。」寧夏抓著他依然沾滿白濁液體的右手，沿著褲子，引導著他解開並往裡頭探。

「唔——」韓守恆一碰觸那熟悉的熱度就想收手，卻被對方緊緊箝住，手指被迫覆蓋在那處動也不動。

「我可是從剛才就忍到現在呢。」寧夏帶領著他扯下褲子，蓄勢待發，比他大上許多的根部彈跳而出。

「你、你……」韓守恆雖然已見過太多次男人裸體，但是仍對他碩大尺寸感到心慌，總無法想像男人是用這個凶器在他的體內恣意肆虐。

「幫幫我，就像剛才替你套弄那般。」他不停低語迷惑韓守恆，期待青年為他服務。

「你……你不是嫌我不夠……好？」

「因為，我特別喜歡你這副樣子……你看，如此一來我們不就同樣是共犯了？」寧夏伸出手掌覆住他遲疑並輕握性器的手，開始緩慢的上下搓弄。

「共……犯……」青年像個懵懂的孩子，歪著頭跟著複誦，掌心傳來的熱度與清晰的脈動令他倒抽一口氣。

「是的，萬一我被發現，要面臨的輿論可是比你重得多了呢——」寧夏語畢，又在他唇上輕啄一番，還張嘴咬了幾下。

「唔……唔……」韓守恆認為他的說法好像不對，雖然論身分，身為公眾人物的寧夏此舉是很大膽，但是他現在無暇思考，只明白對方親吻的力道從未減緩，握在手裡的性器疑似又脹大了一圈。

「動作快一點——就像剛才那樣。」男人貪得無厭地催促他快一點，為了尋求更刺激的感官，便將韓守恆依然相當有精神的部位包覆在兩人的掌心中，兩具性器相觸，引發韓守恆驚慌失措地輕喘。

「啊……啊……不行……很奇怪……」韓守恆意識到這相貼的高溫體是什麼，不由不安的推拒對方，熟悉的興奮感再次往那處集中，很快的又產生想發洩的念頭。

「不行、不行……」他已搞不清楚，嘴裡的抗拒是指身體再次湧起強烈的性慾，抑或男人在他身上施予的感官刺激。

「可以的，你超愛的，不是嗎？」寧夏不理會他的抗拒，反而加諸在他身上更多力道與技巧。

「啊……哈啊……哈啊……」五秒後，韓守恆嘶啞地喊了聲，一股稀疏的白濁液體沾染了兩人的手，然而他稍微回過神之後，才發現男人的性器依然硬挺、尚未宣洩。

「你……你……唔——」他還沒問完，寧夏便迫不及待的給予更濃烈的親吻，退開後兩人之間牽引著些許銀絲。

「接下來換我了。」寧夏舔舔唇並將他翻過身，往股間抹上更大量的凝膠，隨意的潤滑幾下，便扶著性器往他的穴口擠入。

「唔啊……」趴在地上的韓守恆，因為股間冷熱交錯的溫度差，不自覺挺起腰微幅的擺動臀部。

「我們下回再找更好的地方，可以看到夜景，你說好不好？」寧夏緩慢地將性器全挺入對方的體內，短暫停留後開始抽送。

兩人的肉體相互撞擊發出沉悶的聲響，抬頭恰好看見遠處的景致，他知曉平時幾乎無人經過，沒想到能發現這麼好看的夜景。

「你得找個……有屋頂的地方……」韓守恆雙手撐著身軀，隨著對方緩慢的抽送而晃動身軀。

「好——下次，我就找個有屋頂、有香檳，還有柔軟大床的地方……」寧夏扶著他的腰，力道逐漸加重。

「啊啊……那裡……」韓守恆的聲音夾著滿滿的享受，男人每一下總是精準的擦弄到他最敏感點，身體深處卻傳來異於性慾的麻癢。

「寧夏……停……停下……先放開我……」韓守恆意識到那是什麼，不顧一切往前攀爬，但是腰間卻被拽住根本無處可逃。

「為什麼？」寧夏不明白他突然逃離的舉動，非但不放手反而拉得更近。

「你、你先別管……放開我……就對了……」韓守恆不安又難以說明的舉動惹得男人無比困惑，但是伴隨著這不明的情緒後穴絞緊，襲來的緊緻感引起男人的悶哼。

「怎麼了？」他拍拍青年的臀柔聲問道，換來的卻是對方依然想逃的反應，腿間顫抖得極為厲害，他很快意會過來，伸手往那不斷發顫、繃緊的身軀探去，攛住不久前早已疲軟垂下的陰莖。

「別碰……求你……你先放開我……」韓守恆發出與剛才截然不同的悲鳴，全身都在極力忍耐著，腳趾都蜷緊了。

「如果你想尿，沒關係的。」寧夏很好心的替他扶著那處，宛如哄小孩般低語，溫柔的語氣聽得青年實在無福消受。

「不可以、不可以……你先放開……很丟臉……」他埋在雙臂間咬牙隱忍，聲音變得哽咽，男人卻鐵了心不願放過。

「並不丟臉，這是正常的反應。」寧夏在他耳邊呵著溫熱氣息，親吻敏感稚嫩的耳根，嗅著汗水、酒味與某種清淡的男性香水混雜的氣味。

「不可以……不可以……啊啊……你不能……」韓守恆失措的叫出聲，男人的手在他腹部緩慢的按壓並落下細碎的親吻，使得他無法集中注意力阻止。

「可以的，別怕。」

他再次在韓守恆耳邊吹了口氣，磁性的嗓音竄進青年敏感的耳裡，彷彿被撒下一把令人沉淪的魔藥。

「啊啊……」韓守恆在這一瞬間鬆懈了下來，全身打了個冷顫，性器洩出隱忍許久的淡黃液體，不同於射精後的快感，只是常見的生理反應，此刻卻引發他強烈的恥辱。

「怎麼可以……你怎麼可以……」意識到仍舊沒把持住的韓守恆，無助的痛哭。

「這沒什麼，別哭。」寧夏見他不同以往的情緒激動，皺起眉，頓時沒興致繼續，隨意的套弄兩下立即抽出性器，在他的臀上洩出一大股白濁。

「你怎麼可以……讓我做出這種……丟臉的事……」他哭得上氣不接下氣，男人的輕哄完全聽不進去。

「這不丟臉，只是很舒服的反應，別哭了行嗎？」寧夏沒聽他這麼傷心過，再怎麼強硬的作風都被這陣陣的哭聲搞得心疼不已。

「為什麼要逼我……」他依然不斷地哭著，連被翻過身擁在懷裡都沒察覺。

「不逼你，別哭了，行嗎？」寧夏將他當作三歲小孩在臉頰上不停親吻。

「你這混蛋……他媽的……都在逼我……家人要逼迫、你也是……」韓守恆想躲開他的親吻，但是男人的擁抱卻暖得使他捨不得推開。

「……以後不逼你，我只擔心你過於忙碌工作，把自己搞得不成人樣。」寧夏見他總算平靜下來這才鬆了口氣，環住他的力道一刻也不曾鬆懈。

「誰要你多管閒事！」

「我只想照顧你，我可以當你的後盾，讓你專心想做你的事——」

韓守恆陷入沉默，盯著他瞧，那雙水潤的眼睛單純得不像話，與平時強悍精明的身影完全不同。

「韓守恆，把你交給我，早在十年前我就只認定你。」

韓守恆咬著脣不回應，雖然他認為這番情話還挺不賴的。

「韓守恆——試試看，跟我交往。」

「……挑在這種我們都髒兮兮的狀況下，真是爛透頂的場合。」最終，他扭捏的縮起雙腿，只丟了這句曖昧的回應。

「我晚點就幫你訂個燈光美、氣氛佳的好地方，重點是——有屋頂。」寧夏親吻他的嘴唇寵溺的說道，韓守恆被他這番話逗得嘴角失守，眼角卻帶著淚，但是很快的他又收回笑容，努力重新武裝。

「先送我回去，我想洗澡、我很累。」韓守恆仍然沒有正面回應，但是任性的呢喃與撒嬌反應散發著妥協的氣息。

「好。」寧夏不急於非要在一時聽到答案，他明白韓守恆的內心有一座厚牆，要徹底拆除需要一點時間，至少現在這人已偷偷開窗。

他抱起渾身無力的青年，溫柔的安置在舒服的車內座椅上，並貼心的替他清理下身、重新套上褲子，過程中再次親吻最迷戀的腳尖；這次對方沒反抗，而是理所當然地接受他的服務。

回程的路上兩人毫無交談，車內只有好聽、舒緩心靈的輕音樂，韓守恆在規律的行進中睡著了。

「到家了。」寧夏在他耳邊低語，並打橫抱起進屋。

疲憊的韓守恆模模糊糊的睜眼，瞧見是那棟萬惡的五二〇公寓，便想也不想的說：「這裡不是我家。」

「以後就是了。」寧夏勾起笑親吻他的額際輕喃。

進屋後他替韓守恆弄了個非常舒服的泡泡浴，在溫水裡灑下些許的玫瑰香精，頓時所有的黏膩、不舒服全都煙消雲散。

男人對他無微不至的呵護，全都清理乾淨後，韓守恆帶著搖晃的步伐回到房間，全身光裸、頭髮還沾著些許水珠，他毫不理會的直接往床上撲倒，伸展修長的四肢。

「我累了……」他躺在柔軟的床被中說道。

「累了就快睡覺。」寧夏替他覆上被子，嘴邊的笑意從未收回，現在的韓守恆與十年前那帶點稚氣的少年如出一轍，褪下披載多年的成熟外皮後才是真正的他。

「我現在只想睡覺，不想跟你做愛——你不准碰我。」韓守恆捲起被子遠離男人，雖然幫助不大，但是頗有劃清界線的意思。

「今天不做，但是我想抱著你睡覺。」寧夏躺在他身側隔著被團說道。

「連抱都不行。」

「行，我不打擾你睡覺。」寧夏瞧著被團，心知這是在鬧脾氣，順從的鬆開手，不久之後聽見青年細微的鼾聲，他才重新抱住對方滿足的發出喟嘆。

「我還在等你的答案呢——」他難掩些許的遺憾，在青年耳邊低語。

隔天一早，韓守恆無法抗拒生理時鐘所發出的警訊，被迫喚醒。

一睜眼他便看見寧夏在他身旁沉睡，一手枕著頭一手則覆上他的腰部，兩人身上沒有任何衣物，赤身裸體同床整晚。

他喘了幾口氣，發現喉間過分乾澀，全身更像被拆解過般痠疼不已，想起身卻毫無辦法，只能向造成這一切的元凶求助。

「寧夏……」他開口，聲音低啞得不像話，男人並沒有立即醒來。

「寧夏——」他加大音量，對方這才醒來。

「嗯？怎麼了？」

「好渴……我想喝水……」他連說話都感到十分的困難，全身泛著不正常的高溫，寧夏察覺不對勁摸向他的額頭，迅速下床。

「你發燒了，昨天真該幫你擦乾頭髮才對！」

寧夏立刻替他倒杯水，杯緣抵著他的口溫柔灌下，青年隨即感到舒爽許多，但是過於昏沉的腦袋無法思考。

他現在唯一的念頭就是——真慶幸今天是週末。

「唔……好餓……」他的腹部襲來強烈的飢餓感，躁熱痠疼的身軀，令他不停喘著熱氣。

「我去弄點吃的，廚房有藥片，先吃片應急。」

「唔——好……」韓守恆乖順的點頭，寧夏瞧著他許久，那張暈紅的臉相當可愛，他很想往那張噘起的嘴親吻，但理智告訴他現在不是做這種事的時候。

「乖乖休息。」最後，他在那高燙的額際親吻後才離開臥房張羅。

寧夏不久前替韓守恆弄了碗粥、並餵了一片退燒藥片，現在又神通廣大的弄出一盅熬煮入味的溫補熱湯。「喝個湯，晚點就帶你去看醫生。」

「又要喝湯……你到底是從哪搞出這些？」韓守恆裹在毯子裡，懶洋洋地靠在客廳沙發上，嗅到保溫瓶裡的中藥材味就不禁擰起眉。

「照顧我多年的阿姨弄的，你昏睡期間特地送過來，一聽說你發燒，還加了幾味能減緩發熱的藥材，你必須喝完免得辜負她的好意。」寧夏坐在他身旁，漫不經心的閱讀劇本。

「真是的——我不是說別做這些多餘的事嗎？」韓守恆捏著鼻子一口氣全數喝盡。

「下回別弄了，我不喜歡。」他將保溫瓶往前一放，將毯子收得更緊，靠著男人的臂膀難受的吁了口氣，雖然燒退不少，但是鼻腔內都是熾熱的氣息。

「等你被調養到頭好壯壯為止。」他伸手攬住韓守恆，親吻額際安撫。

「我不是小孩。」他想躲開男人，卻因為發燒無力而放棄掙扎，眼皮更沉重得快睜不開。

「先睡一下，等下午診所開門。」寧夏見他昏昏欲睡，將他往腿上壓強迫他睡覺。

「唔……硬邦邦的……」韓守恆躺得很不舒服，寧夏替他塞進一顆軟枕，輕拍他的肩膀，青年很快就入睡了。

「這一幕，我真不曉得等了多久。」

寧夏閉上眼感受對方躺在腿上磨蹭的酥癢感，他想起了個詞，但要是說出口韓守恆一定會取笑他。

歲月無限美好——他真的想這麼說。

寧夏帶他去熟人開設的診所，隱密、裝潢高雅，沒有尋常的消毒水味道，負責接待的人員更是個大正妹，韓守恆癱軟無力的填完個人資料，看了女孩一眼卻發現她臉上帶著雀躍欣喜的紅暈，直盯著站在他身後的男人。

韓守恆回頭望向正在與經紀人通電話的寧夏，立刻領會過來，女孩是因為見到傳說中的大明星感到害羞；與寧夏太過親密，他始終沒意識到這人受歡迎的事實，現在倒是深刻的感受到了。

替他看診的醫生年紀相當大，推估五十多歲，看應對應該是相識許久的老友。

這位老人家對他非常不客氣，原來對方就是寧夏替他預約把脈的隱世名醫，如同電視劇那般，這位高手閉眼按著他的左手脈搏沉思後便將所有的病徵說了一次，韓守恆一聽哭笑不得，全身上下沒一處是好的，更被點出昨晚性事過於激烈導致氣血過虛，事後又吹了風難怪會發燒。

始作俑者站在一旁忍不住竊笑，但是定神之後卻細聽醫生的叮嚀，眉頭再次鎖緊，身為當事人的他反倒不怎麼放在心上。

看診的過程花費二十分鐘，領走一大包得花時間熬煮的中藥材，直到返回五二〇公寓已是兩個小時以後的事，尚在發燒的韓守恆一見到客廳那張柔軟的沙發便毫不猶豫的躺上去。

寧夏理解他因發燒而感到疲倦，原本滿腹的叮嚀，瞧他一臉嗜睡隨即打消念頭。待他釐清老醫生給的藥材該怎麼熬、該何時喝下才將藥材收妥，回到韓守恆身邊。

「睡得真熟……」寧夏摸著他發燙的臉頰，悠悠地嘆口氣。

這傢伙的身體狀況差到一個極致，腸胃不好，因為長期熬夜肝臟也不好。用腦過度、睡眠不安穩，沉浸在事業中徹底忘記照顧自己，若是繼續放任這人折騰，很有可能會過勞死。

寧夏一想到這可能性，眼底就盡是憂慮，他真想把對方綁在身邊悉心養著，哪兒也不准去，當然韓守恆鐵定不會答應。

為此寧夏陷入困擾，直到韓守恆醒來，恰好對上他那雙滿是憂心的瞳眸。

「幹麼？那是什麼臉？」青年睡迷糊了，想也不想的抬手撫摸他的臉問道。

「我過兩天得出國拍戲，今晚我會送你回家，不在的這幾天我會託人替你熬藥。」寧夏握著他的手腕叮嚀，韓守恆察覺自己過分親密的舉動，想收回手，卻被阻止。

「不是得在這裡待七天嗎？」韓守恆抽不回手，只好任由對方親吻他的指尖。

「喔？原來你很喜歡這裡嗎？」

「說什麼鬼話？明明……待七天的約定是你提的。」他的手指被吻得有點癢，不禁擺動手指，寧夏卻直接含住他的指尖，曖昧地吸吮起來。

「住手！別鬧……我還在發燒。」韓守恆察覺很有可能會擦槍走火，立刻出聲制止。

「總之藥必須按時吃，我會找人盯你喝藥。」寧夏明白他的身體狀況，適時停手。

「這點小事我可以處理。」

「你連這點事都做不好，聽我的話就對了。」

「哪來的控制狂……你能不能別親了？」韓守恆總算抽回手，男人意猶未盡地抱住他，懷中的人因發燒而微燙的體溫、軟綿綿的身軀特別不同。

「韓守恆，我可有三週見不到你，會想死你。」

「我還以為你一直都閒到沒事哩。」韓守恆因為他的請求不再掙扎，但是那張嘴總喜歡損個兩句才過癮。

「是啊，因為太閒才有空接下貴公司的代言。」

「那真是委屈你了。」

「韓守恆，我說真的——」

「什麼？」

「我會很想你。」

第八章 總監大人不知道自己在談戀愛

寧夏送韓守恆回住處後，順手將自家大門鑰匙交給對方。

「這是做什麼？」韓守恆接過鑰匙感到困惑，在這之前他因為拒絕寧夏初次進自己的居所抗爭失敗，心頭正鬱悶著。

「三週不在家，需要有人幫我看顧。」寧夏怕他受涼，脫了大衣披在他身上。

「鼎鼎有名的大明星，應該有錢可以聘請個管家吧？」韓守恆想將鑰匙歸還，對方卻將手收在背後無聲的拒絕。

「我只讓能信任的人進我的領域。」

「喔？是嗎？那麼你可別後悔這個決定。」韓守恆不情願的將鑰匙收好，對他露出不服輸的眼神警告：「你就等著回來面對一團糟。」

寧夏勾起笑，輕柔地環抱住他。

「你愛怎麼搞就怎麼搞，當自己家。」

男人永遠不受他的威脅，讓韓守恆氣惱。

隔天，寧夏因為工作關係，一早就搭著班機出發，據聞是為了某部電影的拍攝，得在國外待上三週。

少了寧夏在旁，韓守恆這段日子顯得清靜許多，唯一困擾的是，對方總能掐準時間在晚上七點撥通手機過來，催促他趕快下班。

「這是我的事業，你煩不煩啊？」韓守恆手裡抓著一份等著他審核的文件，正與手機那端的人抱怨。

「快回家，現在整個辦公室一定又只剩下你，可以明天處理的事就擱著，我的司機在樓下等你很久了。」寧夏那頭的背景相當吵鬧，時常有男女的吆喝聲。

「那麼，你可以先叫他回家，不需要等我。」韓守恆不願照他的請求，甚至翻出另一份需要翻譯的海外企劃案，正分心盤算著該找哪個下屬處理，該敲定何時開會討論。

寧夏聽見青年那端傳來翻閱紙張的聲音，不禁閉眼重重地嘆了口氣，若是他人在臺灣絕對馬上衝去公司把人綁回家，哪能由著這個笨蛋不要命的加班。

「韓守恆，別讓我太掛心你的身體，行嗎？」寧夏的音調降了幾度，飽含情感與憂心，韓守恆被他突如其來的低沉嗓音惹得身軀一陣發熱。

見鬼了！為何聽到那傢伙的聲音會有反應？

「唔——我的事……你可以別……」

「我一定會管到底，乖——快收拾東西，你不走我家司機得陪你加班。」他的聲音又放柔好幾分，韓守恆被他百折不撓的精神磨得終於心軟，只好放下所有文件，肩膀夾著手機，開始收拾私人物品。

「真是的——我現在下樓。」

「還有，別把工作帶回家做。」寧夏彷彿有透視眼，適時的補了一句，韓守恆的動作停頓，看著被塞進公事包裡的大疊文件。

「韓守恆，下班後要休息，把文件放著；我托人熬湯，等會上車司機就會交給你，我有跟他交代你五分鐘後下樓，別拖太久。」

「你這傢伙真狡猾啊——」韓守恆氣他先斬後奏，將那一疊文件擱在工作桌上，匆忙收拾完物品後下樓。

他才剛跨出公司，一眼便見到寧夏的私人司機站在大門不遠處等候。

「真是的……用這種方式逼人下班……」青年快步上前，向司機行禮並致歉。

「真抱歉，讓你久等——下回如果我六點半還沒出現，你可以先行離開。」

「韓先生客氣了，老闆有交代，沒接到人不能走。」司機先生滿面笑容的說道，婉轉的告訴他只聽自家老闆的話，韓守恆一時語塞，悶悶地往後座鑽。

「請韓先生隨意，另外這是老闆交代的熱湯，請趁熱喝。」司機將保溫瓶遞給他，將車內溫度調到最適中，並播放輕鬆的音樂，替他營造出非常舒服的環境。

韓守恆捧著保溫瓶發愣，望著窗外的街景心情鬱悶得很，行經某個鬧區的十字路口，恰好電視牆上正在播放寧夏替他們拍攝的洗面乳廣告，他看見幾個路人停下腳步盯著大螢幕瞧。

「差點忘了——這傢伙可是鎂光燈底下的巨星……」

此時，手機響起打斷他的思緒，一見來電顯示的稱謂他就下意識皺眉。

「你還有什麼事嗎？」韓守恆沒好氣的問道，寧夏緊迫盯人的作風壓得他喘不過氣。

「沒事，就只想聽聽你的聲音。」男人低笑幾聲，可以想像韓守恆露出怎樣的表情。

「你真無聊……如果沒事我要掛電話了，不是要我休息嗎？」青年連與他多說幾句都嫌煩，偏偏這人的聲音其實挺好聽的……

「好，就說幾句，我五分鐘後要開拍，時間所剩不多。」

「你到底要說什麼啊？」韓守恆靠著椅背喘口氣，兩人不過分別三天，男人卻老愛打來騷擾他。

「挺想你的，你呢？」寧夏笑著低語。

「我一點也不想你。」韓守恆毫不考慮的反駁，儘管他被這低階情話搞得耳根發燙。

「韓守恆，拜託你一件事。」

「想幹麼？」他越加無禮，只想掩蓋莫名加速的心跳。

「幫我巡一下臥房，三天前出門太匆忙，電燈、電器可能沒關好。」

「唔……這點小事也要麻煩我？我就隨便看一下。」韓守恆答應他的請求，隨後男人又說了幾句情話，惹得他怒罵幾聲直接掛掉手機。

一間屋子若是超過三天沒住人，總能神奇的堆積起一股莫名的清冷氣味，沒有溫度、沒有聲音，安靜得令人想逃離。

韓守恆依約替寧夏巡視位於十二樓的房子，他開門聽見迴盪在屋內的開門聲，隨之襲來的是濃厚的寂寞感。

屋內很乾淨，踩在腳下的地板都能約略反射出他的身影，他細心的在屋內檢查，客廳、廚房、浴室……等等，若是看見沒拔掉的電器插頭、未關閉的電器，他都順手幫忙關閉，畢竟他住在樓下，萬一有個閃失他也會受牽連。

「這裡的家具怎麼都是雙人款？」韓守恆掃過一眼，沒有細想這個疑惑，只想盡快完事。

檢查的最後一站是男人的主臥室，韓守恆開門前遲疑了，這間房內有著不少他不願意回想的記憶，這一陣子與寧夏做愛的次數與地點多得嚇人，以至於他進房前產生抗拒。

「我這是招誰惹誰？」韓守恆低聲咒罵後，扭開門把按下電燈開關，臥房內很潔淨，床被折疊得非常整齊，可見寧夏出門前早就整理過。

「整理得很乾淨，哪還需要我來檢查？」韓守恆在屋內轉了幾圈，沒有需要他動手的地方，正想離開時卻在床鋪旁停下腳步。

窗臺上擺著一座薰香燈，這東西先前寧夏特地向他介紹過。

「之前我見你睡得不太好、老是皺著眉，我打聽到在房間放舒眠精油特別助眠，昨晚是第一次使用，果然效果極佳，你巴著我不放、睡得很沉呢——」

寧夏那時嘻笑無恥的聲音立刻在他腦海中重播，他閉起眼想抽離這段回憶，重新定神後他盯著那臺白色薰香燈，鼻息間還能嗅到殘留的精油香味。

其實，當時他確實睡得很安穩，男人的心跳聲、清新的草本精油香味，還有健壯的手臂將他納入懷中，令他捨不得起床。

「不不不、想這些做什麼？」韓守恆驚覺正在回憶對方，甚至湧起一股寧夏對他極好的念頭，立刻甩頭反抗。

那傢伙糟透了！

只是個精蟲衝腦的傢伙，又喜歡威脅人，並不值得擱在心裡想念！

韓守恆腦中不斷否定男人對他的好，慌張的快步逃離臥房，偏偏他還嗅得到對方特地為他使用的精油香味。

最終他無暇顧及一切，匆忙的關上門後就逃命似的躲回住處。

「總監，你這幾天精神不是很好耶……是不是又胃痛了啊？」

趙宣抱著文件走進韓守恆的個人辦公室裡，立刻瞧見他睡眠不足的臉色，整個拓帕石都曉得，他們敬愛且令人畏懼的韓總監，有胃痛的老毛病，見他氣色不好難免擔憂。

「我還好，是之前交代的新企劃案嗎？」韓守恆不願多談，抬手拿過文件，開始專心翻閱審核。

「這次的口紅廣告整體概念很好，可以準備聯絡廣告公司進行後續，廣告腳本必須在下週五完成，不能拖到下個月的排程，寧夏的檔期很滿，一旦延宕可是會造成極大的損失，要注意好所有細節。」韓守恆頭也不抬的交代事務，並抓起鋼筆在上文件上簽名、寫下不少註解。

「是。」接過文件的趙宣盯著他埋首工作的身影，遲遲沒有離開的意思。

「還有什麼事嗎？」韓守恆抬起頭，對上他為難的眼神。

「呃——還有這個。」趙宣將藏於身後的環保袋小心翼翼的安置在桌上，額際還冒著冷汗。

「這是什麼？」韓守恆看著那只環保袋滿臉困惑。

「是我哥——呃，應該說是寧夏交代我哥，再請我轉交給你的煲湯。」

「湯？」韓守恆提高些許音調，沒料到寧夏為了監督他進食，觸角竟然延伸到自家下屬。

「是我哥幫忙熬的，昨晚整個屋子都是中藥材的味道，雖說那傢伙廚藝不錯，但是能使喚一個拿過國際獎項的影帝幫你熬湯，真是前所未見。」趙宣為難地陪笑道，他不喜歡將私事與公事混為一談。

韓守恆盯著保溫瓶臉色非常難看，內心更是充滿怨念。

「難為你哥了。」

「啊？不會、不會，剛好我哥這兩週休假，他樂得很，做菜是他的興趣；倒是——總監，我比較擔心你啊。」

「我？」

「我哥說這是照藥帖熬的溫補藥湯，總監——你是不是生病了？很嚴重嗎？否則怎麼需要喝補湯呢？」趙宣想到這人幾乎天天加班，又有胃疾，昨晚余東哲查了這些藥方的功效，多半是補氣活血、調理腸胃、安神——等等，他一聽不禁朝壞方向想。

「我沒事，這些只是……只是寧夏多管閒事，你不用擔心。」韓守恆收下那只保溫瓶，一想到這是女性們的男神替他熬的湯，內心感到奇妙。

「是嗎？那就好……」趙宣滿腹懷疑，但是當事人不想多談，他也不方便追問，雖然他早就察覺總監與那位天王關係相當不尋常，可是未免生事，他決定守密。

「先幫我謝過你哥，下回別做這些事，你快去忙你的吧。」

「總監別客氣，我哥手藝很好，下回，我帶他做的番茄義大利麵請你吃。」趙宣微微一笑，推舉自家人的廚藝不遺餘力。

「謝了。」韓守恆目送他離開後看著保溫瓶，心頭泛起強烈的怒意，抓起手機找尋某人的號碼火速撥了過去，可惜對方並未立刻接起。

響鈴超過三分鐘後，他決定不浪費時間，掛掉電話專心辦公，至於那瓶影帝親手熬的湯，他只好盡量抽空喝，免得辜負對方的好意，直到兩個小時後對方才回撥。

韓守恆盯著手機螢幕上的來電顯示，不耐煩的敲著桌面，直到鈴聲快進入語音信箱，才慢條斯理的接起。

「怎麼了？」

「你好意思問我怎麼了？」韓守恆聽見對方的聲音，火氣再次翻騰。

「所以發生什麼事了嗎？」男人非要問到答案不可，這傢伙平日不主動聯絡，難得撥了通電話，實在太不尋常了。

「你怎麼可以叫外人熬湯給我喝？我不是說別把私事帶到公司嗎！那是我的下屬，你要我拿什麼臉去面對？」韓守恆握著那只已喝掉一半的保溫瓶掐得死緊，若是寧夏在面前，他肯定會往對方臉上砸。

「喔——原來是為了這件事。」寧夏發出悶悶的笑意，先前的焦急全一掃而空。

「你還笑？你曉得這件事讓我多困擾嗎？」

「湯好喝嗎？東哲可是擁有廚師執照的人，我特地拜託他幫你熬湯。」寧夏勾著淺笑，正在想像對方正為了這件事臉紅、生悶氣的模樣。

「……重點不在這裡，你不該麻煩別人。」

「如果不弄點小把戲，你怎會聽話？直到我回去之前，東哲都會幫你熬湯，我還請他替你做便當。」

「不需要！寧夏生，你不能胡搞！」

「你不用不好意思，那傢伙正在休假，我找事給他做，免得他閒得發慌。」寧夏放柔語氣安撫，余東哲可是他好不容易尋覓到能促使青年吃飯喝湯的王牌。

「多管閒事——」

「你連飯都不準時吃，我在外頭拍戲一想到你又可能胃痛就會分神，我很擔心。」寧夏的聲音又沉又溫柔，青年一時語塞，胸口再次襲來一股熱度，心跳加速。

「我會處理好，你專心拍戲行嗎？」

韓守恆不知不覺間口吻變得柔化，彷彿小孩子耍過脾氣後的彆扭反應，寧夏當然察覺到這細微的反應。

「韓守恆，開視訊，我想看看你。」寧夏太想他了，現在來這麼一齣，更恨不得衝回去抱緊對方。

「我正在上班。」

「現在剛好午休，不影響。」

「所以你打擾我休息了。」

「兩分鐘就好，乖——我很想你。」男人不理會他的拒絕，擅自點下開視訊的請求。

韓守恆盯著螢幕的請求指示遲疑，他明白對方不會罷休，為了下午的工作順利他只好委曲求全。

「有看到了，我可以關掉了吧？」才剛連上線，韓守恆就別過臉彆扭的問道。

「韓守恆，你有休息嗎？臉色很差。」寧夏見到他雙眼下有明顯的黑眼圈，過於疲憊的神情，令他不禁重重地嘆了口氣。

「我每天都準時十二點就寢，你家司機七點前就在樓下守候，我根本沒加班的機會。」

「那麼，你這臉色差到活像三天三夜沒睡覺，是怎麼回事？」

「我沒事……可能睡不太好——這種事你管不著！」

「睡前又忙著看文件，對吧？我房間那盞薰香燈拿去用，對你睡眠有幫助。」

「我才不要拿你的東西，既然要讓我休息就別耽誤午休，我先掛掉了。」韓守恆不想面對他過於專注、憂心的視線，匆促結束通話後，便再也不理會對方。

睡眠不足的事實，他不願承認。

「他媽的，連我都不信我怎麼會想你的事想到睡不著。」

韓守恆枕在雙臂間喃喃自語，他決定要將此事當作一生的祕密，絕不會讓第二個人知曉。

韓守恆很清楚這幾日的睡眠狀況不太好，他經常在床上翻來覆去，直到深夜三點才有睡意，可他找不到原因，偶爾還有點想念某人的臂彎。

「為何會失眠呢——」此刻是深夜一點半，韓守恆在一個小時前就寢培養睡意，他無論如何努力依然醒著，明明眼皮已泛起疲意、精神相當疲憊，卻始終無法入眠。

他細想是否吃了容易影響睡眠的食物，從午餐回想起，咖啡、茶飲這類他今天一口也沒碰，至於寧夏托人送來的煲湯更不可能，據說裡頭含有舒緩精神、幫助睡眠的藥材，況且是下午時候喝下，算算時間現在早就消化掉才對。

「見鬼了──難道湯裡面被加料？」韓守恆揪著被子，疲憊的咕噥幾聲，然而寧夏關心他是否有休息都來不及，怎麼可能會惡意搞這招？

「到底怎麼搞的……」青年躲進被窩裡無奈的嘆息著，轉眼間又過了二十分鐘，他仍然毫無睡意。

就在當下，有個聲音竄進他的腦袋。

──我房裡的薰香燈是特地為你買的，只要按下開關即可。

──成效很好，至少你在我懷中睡得很安穩，不再皺眉。

「那臺薰香燈……」韓守恆緩慢地坐起身，眼神空洞地思索一會兒，才跨下床、裹著薄外套出門。

他像個賊偷一般，躡手躡腳的前往寧夏的住處直奔對方的臥室，前腳才跨進去，立刻聞到一股清淡的香味，更神奇的是他的精神立刻放鬆不少。

「這玩意兒也太神奇了！」韓守恆拉緊外套，盯著那臺純白色的薰香燈瞧，整個室內充滿熟悉且難忘的味道，他人站在窗臺前，猶豫許久之後打開薰香燈的開關，一分鐘後，清新的草本香味在四周散開。

同時他緊繃的背部肌肉突然鬆懈下來，遲遲不願上門的睏意爬上他的雙眼，他回頭看著那張許久未躺過的床，突然有個動力驅使青年爬上床、鑽進被窩，混和著草本精油氣味與某個熟悉的氣息，他喟嘆幾聲很輕易的入眠。

可能是那傢伙的床比較高級，所以躺起來特別舒服——

今晚，就在這裡過夜，就今晚……

他不斷的找藉口，隨後便毫無顧慮的沉睡。

寧夏在深夜兩點抵達住所，拍攝的進度比他預估的時程提早結束，他決定不去劇組的殺青酒會趕下午的班機回來。

他進家門後看見玄關躺著韓守恆的拖鞋，不免感到困惑，屋內靜悄悄地，只有臥房門半啟，他一靠近隨即嗅到一股清淡的香味，心裡馬上有了底，輕輕地推開門一眼望去果然發現床鋪上有個鼓起的被團。

「啊……小貓在睡呢。」寧夏放下行李，輕手輕腳地靠近床鋪，嘴邊彎起的笑意怎麼也收不回。

他沒料到，一回家就收到這份大禮，本來預想隔日要嚇嚇韓守恆，沒想到這傢伙竟在自己房裡。

「怎麼會在我房裡睡呢？」寧夏撫摸著他的臉龐低語，猛然憶起前幾日透過視訊發現韓守恆臉色極差，同時窗臺上的薰香燈正在運作……

種種的推測不難判斷韓守恆的睡眠出了狀況，想到這種可能，寧夏放輕動作，就怕吵醒沉睡的青年。

他洗過澡換上舒服的休閒服，韓守恆睡得很熟，完全沒察覺他回來，待他梳洗完畢已是一個小時後的事，男人緩慢地爬上床、動作極盡輕柔地躺在青年身旁。

「唔……」韓守恆翻動身軀，嗅到身旁有股熟悉的香味，手臂觸及一股溫暖，便反射性地往那處鑽。

「睡到忘我了——」寧夏側著身目睹對方鑽啊鑽地，將頭枕在他的胸懷前，耳朵貼著左胸，調整到滿意的位置才露出滿意的淺笑。

「像個三歲小孩。」寧夏捏著他的耳朵，對於這意外的禮物滿心歡喜。

「沒……」睡夢中的韓守恆立刻出聲反駁，但是他緊閉雙眼並未清醒。

「你這傢伙——」寧夏眷戀地在他額際親吻，這男人實在太可愛，見著這一幕他更捨不得放手了。

翌日恰逢週末，韓守恆沒有設定鬧鐘滿足地睡到自然醒，當他睜眼看見寧夏就枕在身旁，嚇得坐起身，並摸索身上先確認是否衣物完好。

「你……你什麼時候回來的？」韓守恆想起自身擅自闖入他人房間睡覺的事實，臉部立刻漲紅。

「我搭下午的班機趕回來，大概凌晨兩點多的事。」寧夏已被他吵醒，悠哉的翻過身、舒展筋骨含糊說道。

「你、你怎麼會突然回來……」青年無法面對他，耳根發燙。

「這裡是我家，何時回來是我的自由，不是嗎？」寧夏側著身子，伸手摸上他的腰窩繞圈，瞧他一臉慌張、被抓包的表現，直想發笑。

「唔——對不起，我冒犯了。」韓守恆反覆的深呼吸再深呼吸，困難的吐出話語，翻下床準備逃離。

「等等。」寧夏眼明手快，扯住他的手腕阻止道：「我並沒有趕你，而且你前一陣子應該是失眠？在這裡睡得著也好。」

「我只是順路……我可以回去……」

「韓守恆。」寧夏的聲音沉沉地，摻揉著濃郁的愛意與溫柔，如此露骨的表示讓對方不禁渾身一震。

「留下來。」他呢喃著並抓起韓守恆的手，在骨節分明的指腹上親吻，連綿、細碎的力道，直播那動搖的內心。

「你不說出口也沒關係，只要你願意待在我身邊就好。」

他的親吻越發猛烈，從指尖到手背，但是他仍然嫌不夠，將對方扯進懷裡，從額際到鼻尖落下數不盡的吻，最後擷住那張無防備的唇，輕柔且盈滿愛意。

「寧夏——」韓守恆就快喘不過氣來，對方的力道並不重，但是襲來的強烈信息，彷彿要將他肺裡的空氣抽盡。

「這幾天我除了拍戲便是想你——想得睡不著呢。」

韓守恆一聽臉更紅了，他下意識地告訴自己，失眠的原因與寧夏脫不了關係，就因為如此，昨晚一沾到熟悉的氣味，全身隨即鬆懈下來毫無顧慮的熟睡。

他想得入神，寧夏停止親吻捧著他的肩膀，神色慎重地看著他。

「我們一起住，好不好？」

第九章 韓守恆的觀察日記

「我們的距離只有一層樓，沒必要搞同居這招。」青年別過臉，如他預期般拒絕。

「不一樣，這樣我才能理所當然地干涉你的生活。」寧夏強勢捧住他的臉面對自己，擺著一張好看的笑臉，看在他眼裡簡直無賴。

「干涉？」韓守恆抿著嘴，因為他的話怒氣被挑起，這是非常負面的詞。

「是啊，喜歡你所以想干涉你。」寧夏捏著他的耳垂，撫弄那張散發著不滿氣息的唇，剛才無節制的接吻後，已有些紅腫。

「就從今天開始，在這裡住下。」

韓守恆因為無法逃避那雙熾熱的視線，勉強的轉動眼珠往下瞧，那相貌很滑稽，與平日菁英的神態完全不同。

「就這麼決定了，嗯？」

懷中的傢伙依然沉默，寧夏太清楚這人的作風，沒有推開、不出聲否認就代表答應，能到這般程度已是很大的進展。

「貿然要我住進來，這裡有沒有我的東西……雖然就住在樓下，我絕對沒空把那些東西搬上來。」青年靠在他的肩膀嘟囔，身軀悄悄地鬆懈。

「放心，早就準備好你那一份。」寧夏喜歡他毫無自覺的親近，他想這人上輩子肯定是隻貓，若是刻意接近會立刻逃跑，最好就像現在安靜地撫摸。

「啊——你早就計畫好了。」韓守恆當下才恍然大悟，雙人沙發、雙人床、飯桌的寬度，全部都經過計算。

「我的習慣是凡事都得設想好，以備不時之需。」寧夏捲弄著他的髮尾一手順著他的背。

「胡說八道。」韓守恆悶聲說道，男人撫摸的力道適中，使他舒服得瞇起眼。

「韓守喵，看我如此有誠意，直接住下來，好不好？」

韓守恆發覺寧夏的聲音又偷偷摻進蠱惑人心的迷藥了。

「別叫我韓守喵……唔……唔唔……」他恨透這個暱稱，想出聲抗議卻被索吻，所有的抱怨全化為綿密的親吻。

寧夏在他的脣裡攪弄，舌尖交纏，起初韓守恆想逃避，卻在他不留空檔的反覆攻擊下逐漸變成隨之起舞。

「夠了……夠了……你想讓我窒息而死嗎？」韓守恆被吻得頭暈腦漲，抓到時機推開男人，氣呼呼地抱怨。

「你一直不願答應，我只好使出渾身解數求你點頭。」寧夏意猶未盡，伸手探進衣服裡，準確地擷住柔嫩的右胸乳尖。

「什麼啊……」韓守恆抓著他的手腕想阻止，但是對方每一下的揉捏都宛若帶著電流，竄過他的全身。

「我在等你答應，一起生活、一起當家人，我想與你同居想得快發狂。」寧夏將這強烈的欲念，全加諸在求歡的行為上。

他不停地在對方衣內摸索，輕捻那逐漸挺立的粉色乳頭，透過指尖傳遞的觸感，腦海中能清楚的描繪出那處的形狀，手指開始沿著乳暈繞圈，粗糙指腹與細嫩肌膚相互摩擦著。

「一大早……別……」韓守恆的呼吸變得急促，嘴裡雖然抱怨連連，但是原本阻止的手已偷偷鬆開，順應本能挺腰迎合。

「韓守喵，我在等你的答案，原來你是這麼猶豫不決的人嗎？」寧夏摸索夠了，直接脫掉那件單薄的短袖，瞇眼盯著被他捏得發紅的乳尖，不久之後便湊上前含住那處，用牙齒細細磨咬、吸吮。

「你、你……」韓守恆深深地喘口氣，不自覺透露著誘人的魅態，兩腿間的性器很輕易地被撩得逐漸勃起。

「嗯？」寧夏探出舌尖不停撥弄他的右胸乳尖，對方的股間傳來一陣熟悉的熱度與突起，卻只是敷衍的在股間伸出左手輕觸一下，便轉往一直被忽略的左胸揉捻。

「啊啊……寧夏生……」韓守恆不滿他的做法，扭著身軀以示抗議，挺起的陰莖不停地蹭著他的腹部，明顯的提示卻依然得不到對方的回應。

「答案。」寧夏很簡潔地說道，持續在他光滑的胸口啃咬，更惡意的捧起兩側反覆擠壓，右胸留有他磨咬過的痕跡，乳頭水亮紅腫，他稍微離開時彼此間還牽著淡淡的銀絲，接著朝左胸展開攻勢，用同樣的方式，舌尖不斷擺弄挺起的乳尖，右胸則反覆拉扯，相較剛才更粗暴的搓捏。

「無論我……拒不拒絕，對你來說……選項不是只有……一個嗎？啊啊——」青年挺著一口氣努力說完後，放縱地仰頭逸出呻吟，飽漲的情慾占領全身仍感到不滿足。

「我想親耳聽到你的承諾。」寧夏饜足於逗弄乳頭，改往鎖骨、頸子企圖留下印記。

「啊……這有什麼差別……嗯、嗯……」青年越感不滿足，等不到對方動手索性伸手探進睡褲裡套弄陰莖。

寧夏沒阻止，而是眼神深沉地盯著他身上因躁熱而冒出的汗珠，頓時感到口乾舌燥，急切地將他倒按在身下，從脖子到胸口逐一舔盡，順勢將那條睡褲褪至小腿處，為了方便行事抓過枕頭墊高對方的腰、拉開雙腿，青年股間一覽無遺。

「只要你答應，你所想要的一切，我都能滿足。」寧夏專注且深情的懇求著，他完全臣服於對方，扳起他右腿根，手指在粉色的後穴口輕柔的按壓，伴隨著那急促的呼吸，穴口跟著蠕動、縮緊，邀請著他快來占有。

韓守恆的雙眼沁滿生理反應激出的淚水，眼神迷離地盯著他，難受的輕哼一聲，主動抬起右腳勾住他的腰側磨蹭。

「守恆——」寧夏明瞭這是何種暗示，於是他拉開對方套弄性器的手，自己扣上去，卻靜止不動，露出懇求的眼神注視著。

仰躺著的韓守恆，看著跪坐在他腿間的人，潰散的意識裡卻想著，一個被眾星拱月的天王級男神，卻在他面前伏首稱臣——這是多難以想像的事。

「一起住……就一起住，小心……我那糟糕的……生活習慣……嚇死你！」韓守恆才剛出口答應，便急切地微幅挺起腰，催促他別怠慢。

「你放心，你的習慣我都摸清楚了，嚇不跑我的。」寧夏難掩欣喜的笑意，立刻俯身親吻他的唇。

「我都答應了……你快點動……很難受……」韓守恆則對他遲遲不動的手頗有微詞。

「遵命。」寧夏如他所願，立刻加快套弄速度。

「啊啊……好舒服……」獲得撫慰的韓守恆，毫無顧忌的呻吟、喘息，或許是分別近三週的關係，期間他過著禁慾的生活，勃起的性器很快的在對方手裡全洩出來，一股濃厚的腥羶味頓時蔓延開。

此時寧夏沾著滿是白濁的手指混著潤滑液，探入被冷落已久的穴口，曖昧的水澤聲撩撥著韓守恆的聽覺，他只能不停的大口呼吸，被動的隨之扭腰迎合。

「守恆，你再答應我一件事，行嗎？」寧夏將沾滿精液的手指，移到他面前搓弄著，勾起一抹不懷好意的淺笑。

「你、你又想做什麼……」韓守恆盯著男人的手指，看他玩弄自己才剛射出的液體，不禁臉紅。

「只要我出遠門工作的日子，你就忍著些，別自慰——才幾天不見，你的表現特別熱情。」寧夏說完，隨即往他挺而性感的乳尖上抹，粉紅色的突起沾染濃稠的白色液體，顯得格外誘人。

「胡說……什麼啊……我才沒……啊、啊……」他還沒抱怨完，突然有股燙人的熱度擠進他的後穴，又一波快感毫無預警襲來，想抗議的言詞全化為迷人的甜膩呻吟。

「還說沒有──今天的你，特別興奮呢……」寧夏緩慢的抽送著，瞧著他那仍然直挺的根部，隨著腰身不斷拱起而一晃、一晃，鈴口處溢出透明液體，比先前還要持久。

「我才……沒有……唔啊──」韓守恆難受的顫抖，溢出沉醉的低吟，因為男人突然加速抽送，撞得他腦袋一片空白。

「韓守恆。」

「又想……做什……麼？」他伸手擋著臉，張大嘴呼吸，否則他認為會溺死在這無止盡的浪潮裡。

「我想射在裡面。」寧夏放緩速度，輕聲說道。

韓守恆無言地盯著他許久，感覺這人今天請求特別多。

「行嗎？」寧夏以為他被操得意識空白，緩緩的撞擊幾下試圖喚回他。

「你、你得……幫我清乾淨……」韓守恆斷斷續續地回應，居然還帶著幾分嬌憨。

「當然。」寧夏將他的腿打得更開，微幅抽送一會兒，發出一聲低頻的喟嘆後，就在他的腸道裡射出一股熱燙的精液。

「哈啊……哈啊……」韓守恆在他抽出性器的瞬間，下意識縮緊後穴，股間的溼潤感令他略感不適，留在體內的溫熱液體部分從穴口漏出，隱密的部位透著剛被肆虐過的紅腫，與濃稠的白濁，寧夏瞇起眼伸出手指探入擠壓、摳弄。

「停……夠了……」韓守恆立刻搖頭，以為他還想再來一次。

「嗯。」寧夏扶著他的後腦杓俯身親吻，意猶未盡地感受他的氣息。

他的喘息尚未停歇，呼吸時能清晰的嗅到男人留在他身上的氣息。他，裡裡外外都被占滿。

正式同居後，寧夏的樂趣變成觀察韓守恆的生活習慣，因為這人的行為完全與先前宣告

的截然不同。

韓守恆喜歡將每個事物整齊排列，無法忍受一絲散亂，所以同居後一週，浴室裡的盥洗用品全被依照大小整頓，洗手臺前的鏡子更被仔細擦拭過，衣櫃裡的衣物折疊得整齊有序。

某日晚上，寧夏心血來潮想與他來場歡愉的床上運動時，卻發現收在儲物櫃裡的保險套與潤滑液被分門別類仔細收納好，他看了不禁啞然失笑。

韓守恆有太多、太多可愛的小習慣了。

他起床的時候，因為低血壓的關係總會用一雙茫然的呆滯眼神盯著前方許久，寧夏便會趁著他還沒回神偷偷索吻。

此人意外的嗜甜，喝咖啡的時候喜歡加兩份糖包、些許牛奶，厭惡紅蘿蔔與青蔥。

他還發現韓守恆喜歡薄荷味，無論是沐浴乳、洗髮精、洗面乳以及慣用的男性香水，都帶點這清涼的氣味，做愛的時候老是散發著清爽的淡香，成了引發寧夏情動的氣味。

隨著同居的日子增長，起初略帶抗拒的韓守恆，不知不覺地落入他無微不至的照顧之中，偶爾他會意識到這樣下去絕對不行，但是多半都無法抗拒享受。

兩人的日子過得很滋潤，但是這之中依然有寧夏看不順眼的缺點，韓守恆三餐不定時，在被勒令減少加班的要求下，會將工作帶回處理，雖然他很想偷偷扔掉那些礙事的資料夾，可心底更清楚這樣做，會引發不得了的爭執。苦惱好幾天之後，他終於提出抗議。

「韓守恆，我得訂個生活公約。」那晚，寧夏站在沙發前，難得拿出身為主人的氣勢。

「公約？」窩在沙發上審閱文件的韓守恆直覺肯定不是好事。

「從現在起，晚上九點以後禁止出現關於你工作的任何事物，包括手機也得關機。」

「行，我回我家處理公務。」韓守恆的反應卻是拎起文件起身離開，才跨出兩步隨即被男人拽回沙發上。

「第二，進行家庭會議時，不准逃離。」寧夏銳利的目光彷彿要將他射穿。

「你可以在家裡讀劇本，為什麼我不能看文件？」他悶悶地抱怨，質疑男人雙重標準。

寧夏聽聞一愣，嘴角失守，宛若寶物一般將他擁在懷裡。

「做什麼？」韓守恆一臉茫然，這擁抱來得莫名其妙。

「這種小學生等級的反駁，你怎麼敢說出口？平時幹練的總監大人跑去哪了？」寧夏環抱著他，雙手在後背順著突起的脊椎骨輕輕撫摸，分神想著這傢伙該多吃點才行。

「什麼啊？喂——別亂親，我們不是在談正事嗎？」韓守恆推擋著那往自己胸懷胡亂親吻的頭，那人根本不聽勸還變本加厲在他的胸膛上磨蹭，發出寵溺的悶哼。

「我看劇本是理所當然，身為演員不先背好臺詞可是非常失職的行為，與你的情況不同。」

「哪裡不同——」韓守恆仰躺在沙發上，任他恣意親吻，捏在手裡的文件不知不覺散了一地。

「你這個叫做加班，已在辦公室忙了整天，我希望你一進這個家，就能休息。」

他輕拍青年的背，狀似安撫一個小孩，聽著那聲不以為然的輕哼——撒嬌的成分大於抱怨。

「我看文件打發時間，不行嗎？」

「嘴硬，我寧願你耍廢，去看些小說漫畫也好，不准碰工作。」

「真是的……連這種事也要管……」韓守恆的身子放軟許多，作風轉為妥協，男人在他耳邊輕哄呵得他耳朵發癢。

「你平日的工作，我絕不插手干涉，但是一旦進這屋子，我就不得不管。」

「真是的……堂堂一個大明星，連這點小事都要管。」韓守恆別過臉，低聲應允，這段日子以來他在男人的誘導下，妥協不少原則。

究竟是何時開始轉變的呢？

耳根子變得越來越軟，真是太奇怪了。

「大明星只管自家人的事。」寧夏不停地在他臉上親吻，傳出啾啾的聲響，眼看可以進一步，卻被青年低聲拒絕——

「你別忘了，後天要拍廣告不能留痕跡。」

「接吻都不行？」寧夏認為很可惜，撇撇嘴不打算停止。

「不行，昨晚說好，這一週不能做愛。」韓守恆難得占上風，因而露出得意的笑容。

「通融一下如何？」寧夏皺著眉，不能碰韓守恆不如讓他死了算了。

「後天要拍的廣告必須裸上身，你忘了嗎？這可是拓帕石的重點商品，麻煩你這位代言人專業點行嗎？」韓守恆必須堅守立場，他一點也不想看男人帶著滿是抓痕與吻痕的軀體上陣。

「嘖、被你抓到機會了。」男人無奈的捏著他的臉頰，仍嫌不滿足地朝他嘴脣重重吮吻一下，才甘願放手。

「總之，按照剛才的約定，下班回家不准碰工作。」寧夏彎身替他撿拾滿地的文件。

「你也得按照約定，這一週不能做愛。」整個人癱躺在沙發上的韓守恆反擊道。

「行——」寧夏挺起身露出無奈的淺笑，卻突然想起了另一件事，眉心再次皺起。

「拍完廣告後，我還有個實境節目要拍，連著三天不在家、緊接著還有一支平面廣告跟電視劇——韓守恆，算一算將近二十多天不能碰你，你真狠心。」

韓守恆聽完，卻勾起笑弧、揚起下巴傲視著他。

「這是你的工作，別讓私事砸了你的招牌。」

「你這傢伙，逮到機會回擊了呢。」寧夏彎身扣住他的下巴，瞇起眼睛悶笑。

「彼此彼此。」韓守恆的笑意掩藏不住。

「我不在家的那幾天，你可別又太想我想得睡不著，我可以借你一件衣服，想念時可以拿出來聞一聞。」寧夏不是省油的燈，輕輕鬆鬆地反擊回去。

「我才不會這麼做！」韓守恆被激起怒氣奮力反駁，卻無法掩飾被這番話戳得發紅的臉頰。

只有在寧夏出門工作時，韓守恆才會意識到這人非常忙，平日閒來沒事就愛插手管他的飲食、睡眠、工作，一旦忙於演藝工作便連通電話也沒空打。

前日是拓帕石預備在夏季推出的四款口紅的廣告拍攝，廣告主角當然是身為年度代言人的寧夏，男性藝人代言女性彩妝並不稀奇，重點在於是否能抓住消費者的目光。

為此，該企劃韓守恆放手，讓一批新進的女性員工主導，經由這群同為該商品預測的消費年齡層女性包裝，果然弄出相當亮眼的文案，不過韓守恆察覺，這群可愛的下屬們包藏私心。

寧夏在這支廣告中，穿著一件被撕開的白色襯衫，隱約露出的右胸有著被口紅劃過的痕跡，反覆抹過幾次仍然完好如初，標榜該款的不易掉色，然而在場的女性工作人員幾乎都盯著他的胸肌瞧，此景與先前拍攝洗面乳平面海報時完全一樣。

站在角落盯場的韓守恆悄悄地勾起笑，這分明是靠賣肉來吸引目光。

白色的襯衫、小麥色的胸肌，完美的襯托出男人最性感的一面，因為廣告腳本的關係，寧夏身上不能留下任何痕跡，為此，他們倆足足五天沒做愛，樂得韓守恆偷得幾日清閒。

寧夏一結束拍攝，便公器私用，打著要與總監討論未來廣告方向為理由，將青年拐進休息室裡單獨會面。

韓守恆人才剛跨進一步就被扯往牆邊壓，元凶不由分說直接朝他的嘴唇展開攻勢，給了個企圖使人窒息的吻，直到青年難受得猛搥他的背才結束這猛烈的回合。

「你躲在角落笑得挺開心的。」寧夏撫摸被他吻腫的脣，頗有幾分埋怨的口吻笑問。

「現場這麼愉快，我擺臭臉才奇怪。」韓守恆靠著牆沒好氣地瞪著他，雖說早就料到對方會有此舉，但是沒想到攻勢會如此強勁，彷彿要將他吞入腹裡。

「我聽說當初企劃提出來，你可是火速通過審核，仔細一想，你真是深思熟慮。」寧夏往下掐著他的胯間，顯然被禁慾好幾天的事逼得焦躁不已。

「這是個好企劃——唔……公共場合別這樣，隨時都有人進來。」韓守恆抓著他的手低聲提醒，腿間最脆弱的部位被公然抓著，他眉心微微蹙緊。

「韓守恆，你沒想過把我逼成這樣，之後會把你搞到連續好幾天腿軟？」寧夏仍然不打算罷手，甚至隔著褲子把玩他的性器，敏感的韓守恆難受得仰頭輕喘，制止他。

「說好不能做，你明天還要拍節目，不是嗎？」

「但是我現在很火，你說該怎麼讓我消氣？」寧夏掛著微笑，渾身散發著危險的氣息。

「這是專業的演員該有的行為嗎？」韓守恆悠悠地嘆息著，明白不做點表示，這人可能會掐爛他的命根子。

「沒人說專業演員必須禁慾，甚至跟深愛的人同住一個屋簷下，連根毛都不能碰，這太荒唐。」

「是是是——為了工作而想掐斷同居人陰莖的你也很荒唐好嗎！」青年伸手勾住他的脖子，在他耳邊發出淺淺地嘆息，以只有兩人聽得見的音量低語。

「我下屬提出的企劃是想呈現你最性感的一面，我也認為這安排是最好的，今天的表現果然很亮眼，不是嗎？」韓守恆為了拯救最重要的部位，難得地對他放軟態度，並使出擅長的談判手法，不久之後掐著他胯間的手緩緩地鬆開。

「這話聽來還算理由，但是明天一早我就得出門工作，而你人明明近在咫尺，卻不准我碰，我會憋死。」

「你總會有休假的時候，況且我就在家裡等你，根本逃不掉，你怎麼一臉的我明天就會永遠消失？」

寧夏雖然沒有回應，但是聽聞這人主動說會等他，頓時覺得順耳，原本高漲的悶氣逐漸消散。

「你最好把屁股洗乾淨，等我回來。」寧夏的雙手繞去他身後，毫不避諱的掐著他的臀，暗示性十足。

「我會前面也洗乾淨等你。」韓守恆被他激起不服輸的因子，揚起下巴說道。

「我很期待。」寧夏彎起笑弧，手掌托住他的臀部揉捏個不停，韓守恆意外地沒將他推開，反而往他的臉頰上主動獻上親吻。

寧夏因他的主動備感驚喜，這在好幾個月前是無法想像的場景。

隔日一早，寧夏趁著韓守恆睡得迷糊，糾纏親吻、撫摸，非要到了經紀人來電催促，他才依依不捨的離開。

身為藝人的寧夏，工作的時程很不規律，不久前才參與電影客串，之後又是實境節目錄製，緊接著是另一部電視劇的配角客串，預計出現三集，為此將會離家將近兩週。

韓守恆與他同居也有兩個多月，已習慣這人總有幾天不在家的日子，他從不過問男人的工作內容，只管代言的時程，彼此的相處相當平衡且融洽，除了一到下班，遠在另處的人便會打電話來催促他回家。

分開七天後的週五晚上，韓守恆拎著晚餐回家，望著空無一人的客廳，突然湧起一股寂寞感。

他摸著胸口愣了一會兒。

過去幾年，他本來就習慣獨自一人生活，寧夏闖入他的生命也才是不久的事，他竟在不知不覺間習慣有這個男人在他身旁的日子。

「一定是我想太多。」他搖搖頭，認為只是一時的情緒，換下西裝改穿輕鬆的休閒服，潛意識裡想擺脫過於寂靜的沉悶感，便打開電視更將音量調大。

總算得空休息的他坐在沙發上，卻盯著螢幕發呆，幾秒後他回過神，面對自身難掩失落的情緒，不禁勾起苦笑。

「我什麼時候開始聽他的話了？」他靠在沙發上毫無食慾，心裡好似空了一大塊，很不對勁。

這麼清閒的晚上，若是以前他會將工作帶回家處理，哪有空在這裡滿懷惆悵？

因為寧夏禁止他在家裡工作、不得過度加班，不知不覺開始配合對方的要求後，他學會給自己多點空間，但也因此很容易胡思亂想。

現在，他想排遣這無盡的落寞，便想也不想地撥了寧夏的手機號碼，對方很快接通，只是應答的人並不是他熟悉的聲音。

「你好。」

「呃——」韓守恆停頓了一會兒，立刻想起這是他經紀人的聲音。

「寧夏還在忙嗎？」

「是的，是韓總監嗎？有什麼事，我可以代為轉達。」

「不用、不用，我只是……只是有點小事要找他，不要緊、我不打擾了。」韓守恆沒有詳問細節，很快地按掉通話鍵，全身乏力地靠在沙發上動也不動，頃刻疲憊與失落包裹全身，而他悄悄沉入睡夢裡。

寧夏回撥電話時，已是兩個小時後。

「怎麼了？」

寧夏那平穩的嗓音傳進韓守恆的耳裡，先前的寂寞感居然一掃而空。

「沒……」才剛從睡夢裡脫離的他，聲音含糊、腦子運轉得極為緩慢。

「為何突然打給我?」對寧夏來說這舉動太過異常，遠在國外的他不免心急。

「今天星期五，整個家裡好安靜，挺無聊的……」

寧夏沉默一會兒，他正在想像青年用何種神情與他對話，這帶著幾分撒嬌的語氣，撩動他的心。

「我過幾天就回去了。」

「唔──是喔……」韓守恆揉著眼依然睏意極深，男人的聲音彷彿催眠曲，他往一旁倒下，發出喟嘆。

「你剛才在睡覺嗎?」

「嗯……看電視，看到睡著了──晚餐都忘了吃……」韓守恆竟希望能一直聽著他的聲音，但是請求男人別掛電話的要求，他實在說不出口。

「這怎麼行?要按時吃飯，萬一又胃痛了怎麼辦?」寧夏一聽，馬上皺眉叮嚀，一旦出遠門他就無法顧及青年的作息，這是他最感到棘手的問題。

「少吃一餐不會死啦……」韓守恆嘛著嘴，他不想聽男人說教，電話那頭的人卻不這麼想，喋喋不休的提醒。

「寧夏……寧夏生……」韓守恆輕聲地喊出他的全名，他頓了一會兒，停止說教。

「嗯？」

「你快回來——」韓守恆將臉埋進沙發裡，環抱住壓在身下的枕頭，好似將它當作男人那般緊緊抱在懷中。

寧夏從沒想過他會主動告白，難耐的吞著唾沫，情緒被青年撩得浮動不已。

「就快了，過幾天就會回去。」

「真久啊——我真想你……」

寧夏聽到這句話，當下的念頭便是立刻訂機票衝回韓守恆身邊，但是他不能這麼做，他還得待上一週，得跟著劇組拍攝。

「我更想你……」他低語著，恨不得此刻就在青年身邊。

第十章 賀！總監大人學會談戀愛了

寧夏返家的時程並不確定，韓守恆只曉得他約莫再一週就會回家，所以當他下班回家，一進門就看見半躺在沙發上熟睡的高大男人時，一度以為眼花。

「怎麼說回來就回來？」韓守恆愣了好一會兒才回神，對方看來才剛洗完澡，頭髮有點溼、身上則穿著休閒的服裝，且明顯晒黑了不少。

青年深怕吵醒寧夏，經過客廳時輕手輕腳盡量不發出任何聲音，回到臥房內換上休閒服後，拎著一條薄被回到寧夏身邊。

「幹麼不回房睡，在這裡睡會感冒的。」韓守恆替他蓋上被子，對方仍舊沒有醒來，一抓到被子就搓揉幾下翻了個身。

韓守恆盯著他好一會兒，靜靜地在他身旁坐下，按下電視開關卻將音量調至最小，手裡拿著一本多年前購買的外文小說。

寧夏不在家的這幾天，他甚至看完整套的長篇歷史小說，因為那人勒令不得帶工作回家的關係，他多了不少空閒，從中逐漸找回工作以外的興趣。

當他正沉浸在那本原文小說的世界裡，寧夏已悄悄醒來，趁著他不注意拉過翻閱書籍的手，在修長的指尖上親吻。

「怎麼不叫醒我？」寧夏帶著嘶啞的聲音問道，瞧他坐在身邊看書，心頭泛起一股暖意，心想這才像個家。

「你睡得很熟，不能吵醒。」韓守恆闔上書，沒阻止他親吻的行為。

「什麼話，吵醒我又無妨。」他坐起身，心想親吻並不能滿足他，乾脆將人抱在懷裡。

因為太過想念，這擁抱來得強而有力，更不打算放開。

「什麼時候回來的？」

「傍晚，本想去接你，但是司機回報已在公司外等你。」寧夏嗅著暌違已久的薄荷香，頓時所有的疲憊感一掃而空。

「嗯，回來就好。」或許是兩人分隔太久沒見面，曖昧的氣息瀰漫，韓守恆沒了過去尖銳、抗拒的反應，而是任由他擁抱。

過去幾日忙於拍戲的寧夏，想他想得快發瘋，本以為一見面就可能會把持不住，沒想到此刻只想抱著他，感受一下那想念已久的溫度。

「下回出門工作是何時？」韓守恆莫名的感到羞澀，就像剛談戀愛的青少年，只是被男人抱著竟然產生如此強烈的悸動。

「下個月有個電影要開拍，到時候會離家一個月。」

「好久啊！」韓守恆不經意透露出些許寂寞的氣息，他明白演藝人員的工作不固定，但是三天兩頭不在家，光是想像就難受。

「你也會想我啊？我還以為先前回覆我的簡訊，是在跟我開玩笑呢。」寧夏蹭著他的脖子，在上頭留下咬痕。

「整個家只有我一個人，很無聊。」韓守恆不想正面承認他的思念，那日毫不考慮的脫口而出之後，他整整三天不敢回應寧夏任何一句留言，只因為他體認到這就是談戀愛。

原來將一個人掛在心裡，是這種滋味。

「我拍完電影後，會跟經紀人爭取一段假期，嗯？」寧夏喜歡他的親近，就算嘴裡不說愛，在行動表現上卻很積極，光是這點他已很滿足。

「嗯——那是你的本行，要專心工作。」

「是是是，在你面前怠惰是最大的失職。」男人不斷的在他頸間輕蹭、親吻，直到聽見青年的肚子傳來飢餓的咕嚕聲，才意識到兩人都還沒吃晚餐。

「我去弄點吃的，你等等。」寧夏連忙起身往廚房走去，韓守恆則將電視的音量調大。

電視上播出下段節目預告裡，出現寧夏的身影，他盯著廣告發愣許久。

「原來你去錄林雙丞的《男神出走》？」

「怎麼？你對他有興趣？」正在廚房裡張羅晚餐的男人，對於他興奮的反應感到非常意外。

「我學生時期曾關注過他一陣子。」韓守恆眼底透露著懷念，那目光追尋著螢幕裡的人不放。

「是嗎？你不像是這種人。」寧夏輕哼一聲，心底頗不是滋味。

「林雙丞本人如何呢？見到他如此活躍特別感慨，外貌幾乎沒變，氣質卻相當成熟，這兩年專注主持，都不演戲了，真可惜。」

「很普通，沒什麼特別。」寧夏正在清洗水果，漫不經心地回道，面對難得對別人有興趣的韓守恆，他不想說那人的好話。

「怎麼可能？他挺努力的，當初為了轉型好像吃了不少苦頭，一度專演反派角色而苦無轉型機會，後來不是跟你合演一齣動作電影才扭轉大家對他的印象嗎？」

「我不記得，跟他不熟。」寧夏聽得鬱悶，韓守恆對那人越是瞭解他越感到嫉妒，就算是一位有禮貌的好後輩，只要霸占住此人的心，便是他的敵人。

「算了，不問了。」韓守恆對他到失望，本以為同在演藝圈應該有交流，寧夏卻很冷淡，他不再自討沒趣，專心看起電視節目。

節目的片頭音樂響起，並在右下角標上第二季，能在週五晚上播出的節目向來是高收視率的表彰。

這個名為「男神出走」的節目，顧名思義，是主持人林雙丞帶著來賓四處旅遊的型式。第一季在各大男神女神偶像的加持下，以非常亮眼的平均收視收官，事隔半年第二季重啟，相較於第一季的純旅遊內容，有了不一樣的安排，節目組與各地的區公所、農會合作，變成趨於下鄉勞動的企劃。

節目開場固定由林雙丞駕車，帶著來賓前往鄉下地方甚至是離島，進行兩天一夜的樸實紀錄，過程中他們必須與當地的居民往來，按照該區的特產進行深度介紹與體驗。

寧夏參與的這集正值熾熱的夏季，於是被安排幫忙採收西瓜，當他們抵達那純樸的小鎮時，聞風而來的居民們全在一旁圍觀，身為導遊的林雙丞宛如與當地人早就混熟一般，領著寧夏四處體驗。

他們除了採西瓜，還得在市場叫賣，晚上兩人必須使用居民提供的食材料理晚餐，過夜的地方則借住一位高齡八十歲的婆婆家裡，看似簡單的節目設計，其目的是想推廣各地的在地觀光，況且影帝與男神捲褲管下田，可是難得一見的光景。

當節目播出寧夏與林雙丞戴上斗笠、套上橘黃色的雨鞋時，韓守恆不禁噴笑出聲，已將晚餐端來客廳的男人靜靜地陪著看，瞧他笑得連肩膀都在抖動，感覺相當新鮮。

「你真的跟他一起去採西瓜啊？怎麼都沒聽你提起？」韓守恆笑得開懷，對方特地為他張羅的餐食一口也沒碰。

「這個節目喜歡搞突發，行前只跟你說地點、需要準備的行李，詳細內容從不透露，我到了現場才曉得要做什麼事，但是事前他們會提醒，前一晚最好睡眠充足，免得體力不支。」寧夏見他過於專注看節目，索性自己動筷，夾起一口魚肉往韓守恆嘴裡塞。

「唔——如果曉得要做這些，你還想參與嗎？」韓守恆措手不及，食物入口，他睜大眼，含了一會兒認為滋味不錯遂緩慢咀嚼。

「還是得參與，看在雙丞的面子上，否則我不會參加這種累死人的實境節目。」寧夏漫不經心地就著同一雙筷子挾起碎蛋吃，舔舔脣，感覺調味過淡不怎麼滿意。

「你剛才不是說，跟他不熟？」

「是啊，不太熟。」寧夏若無其事的裝傻，韓守恆感到困惑，連問好幾個問題，但只要關於林雙丞的事，男人一律含糊帶過。

這時，節目播出的內容是林雙丞提及兩人過去一起拍戲的橋段，私下他們還曾談心……

「你與他明明很熟——」

「那只是效果。」寧夏一手支著下顎平淡地說道。

韓守恆正想追問，正播出的片段再次打了寧夏的臉。

「之前我面臨低潮時，寧夏哥給了很多意見呢——你還記得我們初次合作的那部電影，飾演親兄弟，我有一段劇情老是演不好，導演都快發飆了，是你適時的把我帶到一旁重新調整心情，我一直記得你說，你曉得我接拍這檔戲是為了扭轉形象，所以你會盡全力協助我，在那之前我以為你很難接近，沒想到你竟願意提攜我，真是感激不盡。」

「這種陳年老事你怎麼還記得啊？想報答的話，就幫我把這堆西瓜拿過去，我累了、抬不動了。」

「遵命！」

任何人來看這段對話，絕對不相信這兩人不熟，緊接著是各自訪談的片段，雙方聊起合作的經驗，甚至私下曾一起喝酒商談的回憶。

嘴角笑意一再顯示兩人有著相當程度的往來，韓守恆斜眼看了男人一眼，那人卻依然若無其事的吃水果、吃點心，宛若螢幕上出演的是他人。

韓守恆選擇不點破，專注地看著節目，但是早已察覺那傢伙的心思，隻手遮掩的嘴唇勾起玩味的笑意。

「真羨慕你，能與林雙丞那麼近！以前我曾幻想過與他吃頓飯、來個約會什麼的。」

寧夏的反應是帶著鄙視眼神觀看節目，置若罔聞，但是額際卻浮起青筋，韓守恆瞄了他一眼止不住偷笑。

「我學生時期課業壓力很重，唯一的休閒即是關注林雙丞所屬的偶像團體，當時只要發新單曲、新專輯，我一定會買，算一算已是十五年前的事，現在看到他仍有點心動。」他刻意停頓，如意料之中獲得詭異的沉默，感受到男人打從心底散發出來的醋意。

「你們還一起吃午飯、一起逛超市？為何要隱瞞這麼令人羨慕的行程？」

他發出一聲濃厚的嘆息，頗有責怪的意思，更不停讚美林雙丞的外貌，整個人沉浸在美好的回憶裡。

「你曉得當時他所屬的團體 trick 嗎？大家最羨慕的是賀遠的位置，雙人組裡的林雙丞是個模範哥哥，運動神經好、歌聲迷人，非常完美的存在——」

寧夏再也按捺不住，帶著十足的狠勁將他壓在身下，就像頭獅子般準確地捕獲獵物，被箝制住的韓守恆全身貼在沙發上，清楚地感受到對方強悍的氣息。

「韓守喵！你這是在找死。」

「看你這眼神，真可怕。」韓守恆不畏懼他壓迫全場的氣息，宛如一隻任性的小貓，在他的頸間輕舔、齧咬，哼著不知名的小曲子。

「在我面前不斷誇讚另一個男人，當我聖人不會生氣？」寧夏見他露出得逞的笑容，確信剛才的話全是要釣他，可是這人對林雙丞的瞭解並不假，那些話有七分可信。

韓守恆仍舊衝著他笑，摸著他的臉算是安撫。

「唷？大明星生氣了？你會沒自信贏他？」

「論魅力，我保證不輸他。」寧夏嚴肅地說道。

「那麼，你在吃什麼醋？我才是該吃醋的人好嗎？」韓守恆舔舔唇，無意間透露的媚態，令人為之屏息。

「本末倒置，那傢伙比我還早進駐你心裡！我真後悔答應錄製他的節目。」男人說完後鬱悶地放開手遠離他。

本以為會有更進一步作為的韓守恆，沒料到對方會放手，雙手失去習慣的溫暖，頓時感到空虛，他坐起身盯著男人的側臉一會兒，瞧他一臉陰沉地盯著電視螢幕，可見相當在意這件事。

從未見過男人生悶氣的韓守恆，一時慌了手腳、面露尷尬，在工作上談判、應對向來無敵的他，在安撫伴侶的技巧上相當笨拙。

他呆滯著，腦子裡想不到合適的說詞，只好默默地調整坐姿，安分地坐在沙發的另一端。

兩人距離不遠，但是雙方之間卻彷彿有道屏障，誰也不願越界。

此刻節目的進度已播到第一天傍晚，經歷過辛苦的採西瓜工作之後，緊接著兩人必須互助完成晚餐，節目組規定得拿出四菜一湯，絕不能馬虎。

林雙丞的手藝經過第一季的磨練後，已有相當大的進展，若是碰上連菜刀都不會拿的來賓，他還能獨當一面，至於寧夏參與的這一集，開始之前，便被節目組認定為他不擅廚藝，畢竟在個人的資料裡從未提及此事。

所以兩人進廚房後，發展令人意外。

寧夏熟練的切菜手法、調味方式，在在顯示他是個有進廚房的男人。

「寧夏哥，我太意外了——」林雙丞見他俐落的打蛋，在一旁讚嘆。

「意外什麼？」寧夏打好蛋接著切蔥，不忘指揮林雙丞不能怠慢，因為今晚他們還得負責打理屋主老婆婆的晚餐。

「寧夏哥會做菜？」負責熬湯的林雙丞攪著湯杓笑問。

「多少會一點，以前工作忙，有一位煮飯阿姨料理三餐，但她在兩年前因病過世，我吃慣她的手藝，就不打算請人幫忙，從那之後我就開始學著自己料理。」寧夏邊說邊扭開爐火，等著鍋裡的油溫夠了，撒下一把蒜末爆香，再依序將食材扔進鍋裡翻炒。

「原來有這樣的故事，你的手藝都是向誰學的呢？」

「東哲啊！他有廚師執照的事，不就是從你這節目傳出去的？」寧夏回頭朝他笑道。

「東哲哥嗎？真想不到！」林雙丞挑眉倍感驚訝，但是細想這兩人同家經紀公司，也就不怎麼意外了。

「你跟東哲哥感情真好，之前才傳出你們鬧不合，東哲哥想出走呢。」

「那是因為東哲檔期衝突，所以才由我接手，當時還在與他學做菜，怎能得罪？」寧夏已完成第一道菜，拿起豬肉切成肉末，打算做一道打拋豬。

「原來如此，寧夏哥都學了哪些菜？」林雙丞眼睛閃閃發光地盯著他的手勢，好奇的性子遮掩不住。

「一些家常小菜以及能補充營養的煲湯，外出拍戲時喝湯對身體很好，加上我們工作時程並不規律，靠食療養生挺不錯的，你也該學學。」

「難怪……」林雙丞望著身旁熬得入味、翻騰的熱湯，恍然大悟。

「今天的湯你指定的食材特別豐富，還要我注意熬煮時間，就是為了老婆婆，對吧？」

「知道了還不多用點心？可別熬壞了。」寧夏朝他揚起下巴，以前輩之姿指揮著。

「沒問題！」林雙永舉手敬禮，恭敬地道。

寧夏被他逗得失笑不止，重要的晚餐料理環節，就在兩人閒聊各種瑣事下完成，開飯前節目很吊人胃口地進了一段廣告。

韓守恆盯著電視好一會兒，遲遲無法回神。

過去他沒少喝過寧夏替他準備的煲湯，先前更被強迫要三餐準時。

這男人總說，那是從小認識的煮飯阿姨幫忙打理的，現在卻在節目上坦白阿姨早在幾年前離世，那麼……

這陣子的料理究竟是誰準備的？

對方靠在沙發另一端，單手支著下顎依然氣在頭上，韓守恆悄悄地靠近他，伸手摸著他繃緊的臉部線條，拇指勾著下顎的輪廓，生疏的調情手法反而輕易地在男人心底撩起一片漣漪。

「做什麼？」寧夏冷眼盯著他問。

「菜……全都是你做的？」韓守恆靠在他耳邊輕聲問道，一股熱氣彿過他的耳垂，一陣酥癢竄遍他的全身。

「你說節目上的？事實不都在眼前了？」

「不不，我是指你之前做給我吃的那些。」

寧夏盯著他，僅是輕咳一聲，不否認也不承認，被戳破真相的瞬間，氣惱的情緒卻夾著一絲羞赧。

「湯很好喝。」

「你喝得一點也不甘願，不是嗎？」寧夏仍舊帶著無溫度的語調，但是身子不如先前那般繃得死緊。

「但是味道很好，若沒看這節目，我一輩子都會以為是那位從未見過的阿姨所做。」

「哼。」寧夏輕哼一聲，宛若將悶在胸懷裡的鬱悶氣逐一宣洩。

「為何一開始不說是自己做的？」韓守恆不停地撫摸他的耳垂，眼看和談的效果並不顯著，他在對方臉頰、下顎輕舔吮吻。

過去寧夏常對他這麼做，他靠著記憶重新演練。

「那太矯情了，我寧願裝作阿姨還在世。」

「矯情？」韓守恆停止親吻，滿腹困惑。

男人沒有回應，但是耳根子卻悄悄地發紅，懂得判讀情勢的韓守恆適時打住，不再追問。

「以後還會再做給我吃嗎？」

寧夏總算願意正眼瞧他，眼神柔和許多。

「我就只做給你吃。」他伸手揉捏青年的後頸啞著嗓子回應，反應終於稍稍軟化。

「對了，寧夏——」

「嗯？」

韓守恆再次往他的耳垂親吻，曖昧地靠在他耳邊呵著熱氣。

「還記得出發前說過的約定？」

寧夏尚未反應過來是指哪件事，手已被引導至青年的身後，在臀上磨蹭了幾下。

「我依約把屁股洗乾淨了，我們可以繼續冷戰，或者上我床睡覺。」

寧夏掐緊了他臀上的肉，發出厚重的喘息，飄忽地想韓守恆何時變得會撩人了？

「你都這麼說了，我還能放過你嗎？」此時此刻，他當然不能服輸！

掐揉著手感極好的臀，男神腦裡思索著等一下該如何折磨對方。

「我拭目以待呢，寧夏生。」

「我絕不會讓你失望，我的……韓守喵。」

——全文完——

番外篇

你不知道的潛規則

身為稱職的助理，小虎在余東哲下戲返回休息室前，就已將盛滿料理的便當盒打開準備就緒，這一看不得了，他以為自己眼花了。

親近這位年輕影帝的人都曉得，講求用餐品質——實為挑食——的他，習慣自備餐食，全是親自料理，絕不會放自己討厭的食物。

「……這快滿出來的青椒是怎麼回事？」小虎嚇壞了，三層便當盒裡竟然鋪滿各式各樣的青椒、黃椒、紅椒，白飯上面也撒滿切成丁的綠色小點。

余東哲有多討厭青椒，跟在他身旁多年的小虎再清楚不過，而這宛若青椒地獄的便當菜色，完全是場惡夢。

結束拍攝的余東哲帶著一張槁木死灰的臉色跨進專屬休息室，平時就算拍戲工時再怎麼長，他也絕不會露出如此絕望的神情，而今他卻為了與趙宣的約定，不得不完成一項艱鉅的任務。

「東哲哥……這便當的菜色是怎麼回事啊？」小虎皺眉問道，滿滿的各色甜椒，他都覺得噁心。

「不要問，很可怕。」他帶著飄忽的鬱悶氣息坐下，舉起筷子望向那整片青黃紅交接的配菜，重重地嘆了口氣。

小虎不敢多問，難以置信的見他一口、一口吃下那些他視為敵人的蔬菜。

為何余東哲必須忍辱負重吃著這堆滿滿的青椒料理？

一切得從前天說起。

拓帕石的年度代言人臨時更換為寧夏後，他的同居人、他親愛的繼弟，趙宣，便頂著一張陰寒的臉下班回家，當時他正在背劇本，準備下一部即將開拍的戲劇。

「余東哲！」趙宣一進屋，便咬牙切齒地喊。

「怎麼了？」余東哲見他怨氣沖天，立刻放下劇本關心。

「你還好意思問我怎麼了？」

趙宣見他狀況外，怒氣更加沸騰，快步來到他面前重重地朝桌面猛力一拍。

「說好的代言人，為何你又變卦了？」趙宣氣壞了，上個月明明已跟余東哲說好一定會接下這份工作，為此他那陣子在床上的表現可賣力了，沒想到今天一只通知就打亂公司上下。

他對於凡事親力親為的總監感到無比抱歉，始作俑者卻一副悠哉樣，讓他看得更加惱火。

「這個啊……你們知道了？」

「對！多虧這突如其來的變動，我們今天上班的情形可精彩了。」

「抱歉，我的檔期突然有了變卦，我真的不是故意要造成你的麻煩——讓哥來補償你，隨你開條件，嗯？」當務之急是先安撫趙宣的情緒，他太清楚這人的性子，執拗起來非常難辦。

「你以為這很簡單嗎？吼——一想起上個月我跟個笨蛋一樣，隨你要在哪裡做愛就在哪，搞了半天你在整我？」若是他會輕易放過對方，他就不是趙宣了。

「真的不是！是公司有不可抗力的因素，乖、你想要什麼，哥都會幫你達成，別生氣了。」

「哼。」趙宣一時脾氣消停不了，見他好聲好氣的哄，就像碰了軟釘子，怨氣無處發洩，乾脆轉過身眼不見為淨。

「這件事是我的失誤，寧夏哥是我的前輩，他一定能勝任代言的工作，我也會提醒他不能怠慢，別氣了，哥會心疼的。」余東哲聲音柔得都快擰出水了。

趙宣仍舊背對他，雙方僵持著。

「你說……做什麼補償都可以？」許久之後，趙宣終於開口打破僵局。

「當然，絕不食言。」余東哲舉手發誓，只要能安撫弟弟的情緒，要他前往刀山火海都行。

「那好，你得為你的行為負責。」趙宣轉過身朝他露出得逞的笑意。

余東哲微笑以應，雖然，他覺得弟弟的那抹笑容包藏禍心……

「你儘管說。」

「明天你就曉得了，還有，在我氣消之前，不准碰我！」

隔日，趙宣不知從哪訂來兩大箱青椒，紙箱外頭更寫著有機的字樣，濃郁的青椒味瀰漫整個室內。

余東哲盯著那萬惡的紙箱眉頭深鎖。

「這是……」對余東哲來說，青椒宛如地獄來的食物，而眼前情景堪稱十八層地獄。

「是、青、椒、啊！」趙宣帶著惡質的笑意，在他耳邊一字、一字地說道，彷彿怕他聽不清。

「……你想做什麼？」余東哲抿著嘴，他很清楚這傢伙耍起狠來絕不留情，沒想到這次直接往他最畏懼的弱點打擊。

「把這兩箱青椒吃完，我就原諒你。」

「兩箱……」余東哲瞇起眼，喉間好似全被苦澀的青椒味盈滿。

「對，沒吃完之前不准做愛。哥，別忘了你說過的，做什麼，都、可、以。」

從那天起，余東哲的配菜只剩下青椒、黃椒以及紅椒，趙宣鐵了心懲罰他，還因此與他分房睡。

「真不該讓他曉得我討厭青椒……」

余東哲嚼著可怕的青椒拌飯，萬分後悔的低喃，他掐指一算，家裡的青椒還有一箱半等著吃，光想就痛苦。

「寧夏哥——為了讓你談戀愛，我竟被推入地獄……真是太划不來了！」

藍月小說系列

野獸影帝強制發情

作　者／灑青　　封面繪圖／TaaR0
發行人／黃鎮隆

出版／城邦文化事業股份有限公司 尖端出版
台北市中山區民生東路二段141號10樓
電話：（02）2500-7600 傳真：(02)2500-2683
E-mail：7novels@mail2.spp.com.tw
發行／英屬蓋曼群島商家庭傳媒股份有限公司城邦分公司
尖端出版
台北市中山區民生東路二段一四一號十樓
電話：（02）2500-7600（代表號）
傳真：（02）2500-1979
北部經銷／祥友圖書有限公司
Tel:(02)8512-3851　Fax:(02)8512-4255
中彰投以北經銷／楨彥有限公司（含宜花東）
電話：(02) 8919-3369
傳真：(02) 8914-5524
雲嘉經銷／智豐圖書股份有限公司　嘉義公司
Tel：(05)233-3852　Fax：(05)233-3863
南部經銷／智豐圖書股份有限公司　高雄公司
Tel：(07)373-0079　Fax：(07)373-0087
一代匯集／香港九龍旺角塘尾道64號龍駒企業大廈10樓B＆D室
Tel：（852）2783-8102
Fax：（852）2782-1529
馬新經銷／城邦(馬新)出版集團Cite（M）Sdn. Bhd.
E-mail：cite@cite.com.my
法律顧問／王子文律師　元禾法律事務所
台北市羅斯福路三段三十七號十五樓

2017年5月1版1刷
2018年6月1版2刷

郵購注意事項：
1.填妥劃撥單資料：帳號：50003021戶名：英屬蓋曼群島商家庭傳媒(股)公司城邦分公司。2.通信欄內註明訂購書名與冊數。3.劃撥金額低於500元，請加附掛號郵資50元。如劃撥日起 10～14日，仍未收到書時，請洽劃撥組。劃撥專線TEL：(03)312-4212 ・ FAX：(03)322-4621。E-mail：marketing@spp.com.tw

國家圖書館出版品預行編目資料

野獸影帝強制發情 / 瀝青作. -- 初版.
-- 臺北市 : 尖端, 2017.05
 面； 公分
ISBN 978-957-10-7405-4(平裝)

857.7　　　　　106004114